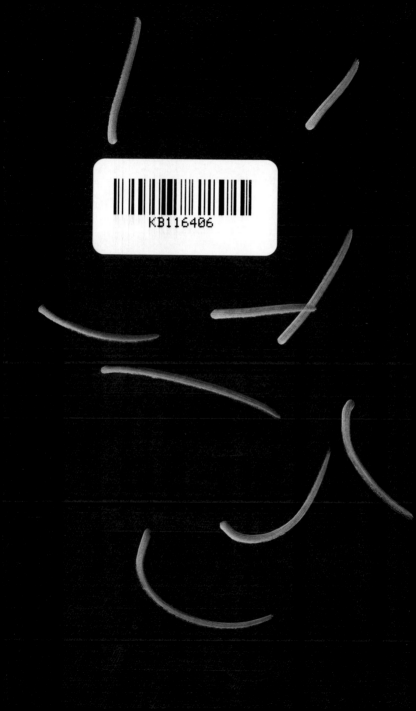

KB116406

아내·세 자매

아내·세 자매

Жена·Три сестры

안톤 체호프 선집 오종우 옮김

ZHENA·TRI SESTRY
by ANTON PAVLOVICH CHEKHOV (1892, 1901)

이 책은 실로 꿰매어 제본하는 정통적인 사철 방식으로 만들어졌습니다.
사철 방식으로 제본된 책은 오랫동안 보관해도 손상되지 않습니다.

아내

1

나는 편지 한 통을 받았다.

파벨 안드레예비치 씨께!

당신이 계신 곳에서 멀지 않은 페스트로보 촌락에 매우 비통한 일들이 벌어져, 이 사실을 알려 드리는 것이 저의 의무라고 생각해서 편지를 씁니다. 촌락에 살고 있는 소작농 전체가 오두막과 살림살이를 모두 팔고 톰스크주로 이주하려고 떠났습니다만, 도착하지도 못하고 돌아와야 했습니다. 당연히 그들은 가진 것이 하나도 없습니다. 이제는 전부 다른 사람들의 소유가 되고 말았으니 말입니다. 그러다 보니 오두막 하나에 서너 가구가 함께 살고 있으며 오두막마다, 어린아이들은 빼더라도, 최소한 열다섯 명이 넘는 남자와 여자가 살고 있는 실정이고 먹을거리도 없습니다. 기근이 들었고, 집집이 기아에 시달리다 못해 역병까지 돌아 발진 티푸스에 걸린 사람도 있습니다. 모든 사람이 말 그대로 환자입니다. 간호사가, 오두막에 들어가면

무엇을 보겠냐며 한탄할 지경입니다. 환자들뿐이어서 모두가 신열에 시달려 횡설수설하는데, 너털거리며 웃어 대는 자도 있고 미쳐 날뛰는 자도 있습니다. 농가에서는 악취가 날 뿐 아니라 마실 물도 없고, 어디서 물을 떠다 줄 사람도 없습니다. 먹을 거라곤 고작 얼어 터진 상한 감자뿐입니다. 소작농들이 굶주린 터라 약보다 빵이 더 필요한 형편인데, 소볼(우리 젬스트보[1]의 의사입니다)과 간호사가 무슨 일을 할 수 있겠습니까? 젬스트보 당국은 소작농 명단이 이 지역 거주자 등록부에서 삭제되고 톰스크주로 이전되었다며 원조를 거부하고 있습니다. 사실 젬스트보에는 돈도 없습니다. 이러한 사정을 말씀드리며, 당신이 인도적인 분이라는 사실을 알기에 이렇게 긴급히 원조 요청을 드립니다. 부디 거절하지 말아 주시기를 간청드립니다.

　　　　　　당신의 도움을 바라는 사람 드림

　이 편지는 분명 담당 간호사나 아니면 동물 이름을 가진 의사[2]가 썼을 터였다. 수년간 젬스트보의 의사들과 간호사들은 할 수 있는 일이 아무것도 없다는 확신을 매일 더욱더 굳혀 가면서 얼어 터진 상한 감자로 연명하는 사람들에게 여전히 봉급을 받고 있으며, 이유는 모르겠으나 내가 인도적인지

　1 러시아의 지방 자치 기관으로, 1864년에 설치되었다. 이하 모든 주는 옮긴이 주이다.
　2 의사의 이름 소볼은 〈검은담비〉라는 뜻이다.

10

아닌지 판단할 권리가 자신들에게 있다고 여기는 것 같다.

이 익명의 편지와 농부들이 매일 아침 하인의 부엌에 와서 무릎을 꿇고 구걸한다는 사실, 그리고 밤에 누군가가 창고의 벽을 부수고 호밀 스무 자루를 훔쳐 간 사건, 계속 이어지는 잡담, 신문 기사, 궂은 날씨 등이 풍기는 무거운 분위기, 이 모든 일로 마음이 불편하고 무기력해 내 작업은 잘 진척되지 않았다. 나는 『철도의 역사』를 쓰고 있다. 그래서 러시아와 외국의 많은 서적, 브로슈어, 잡지 기사 들을 꼼꼼히 읽고 계산기를 두드리고 운행 기록을 훑어보고 생각하고 쓴 다음 또 읽고 두드리고 생각해야만 하는데, 책을 집어 들거나 생각을 시작하자마자 머릿속은 뒤죽박죽 헝클어지고 눈은 반쯤 감겨, 나는 한숨을 내쉬고 책상 앞에서 일어나 인기척 하나 없이 조용한 시골집의 커다란 방을 이리저리 서성거리곤 했다. 그렇게 한참 서성이다가 서재의 창가에 멈춰 서서 넓은 마당 건너편을 바라봤다. 연못과 벌거벗은 어린 자작나무들 너머, 얼마 전에 내린 눈이 녹고 있는 너른 벌판을 지나, 지평선 언덕배기에 짙은 흙빛을 띤 농가들이 모여 있다. 거기에서 눈 덮인 흰 벌판으로 구불구불 내려오는 검은 진흙탕 길도 보였다. 그곳이 바로 페스트로보이다. 익명으로 편지를 쓴 사람이 말한 촌락. 연못과 벌판 위를 날아다니며 눈이나 비가 올 날씨를 미리 알려 주는 까마귀의 까악거리는 소리와 목수가 헛간에서 톱질을 하고 못을 박는 쿵쾅 소리가 없었다면, 지금 난리가 난 작은 세계는 마치 죽음의 호수인 사해 같았을 것이다. 무척이나 고요했고, 작은 움직임조차 없이 죽은 듯

했으며 황량했다!

마음이 불편해서 글쓰기에 도무지 집중할 수가 없었다. 왜 마음이 불편한지 정확히는 모르겠지만 아마 내가 낙심했기 때문일 것이다. 사실 나는 다리와 철도를 건설하는 국토 건설부에서 퇴직하고, 평화롭게 살면서 사회 문제에 관한 글을 쓰려고 시골로 내려왔다. 이 일은 오랫동안 마음속에 간직해 온 소중한 꿈이었다. 그런데 이제는 일상의 평화와 글쓰기를 포기하고 모든 일을 미뤄 둔 채 농부들에게 닥친 일에만 관여해야 했다. 어쩔 수 없는 상황이었다. 기아 상태에 빠진 주민들을 도울 수 있는 사람이 이 지역에 나 말고 아무도 없다고 확신했기 때문이다. 주변에 있는 사람들은 제대로 교육받지 못했고 미숙했으며 무관심했고, 대부분 정직하지도 못했다. 더러 정직한 이가 있다 하더라도 내 아내처럼 분별력이 부족했고 사려 깊지 못했다. 그런 사람들에게 일을 맡길 순 없는 노릇이었고, 다 팔자이니 어쩔 수 없다며 농부들을 그냥 내버려 둘 수도 없었다. 이렇게 상황이 절박한지라 농부들이 스스로 설 수 있도록 도와줄 수밖에 없었다.

일단 굶주리는 사람들에게 5천 루블을 기부하기로 했다. 이렇게 결심은 했지만 불편한 마음이 줄어들기는커녕 더 커졌다. 창가에 서 있거나 방 안을 서성거릴 때, 예전에는 하지 않았던 질문이 떠올라 괴로웠다. 이 돈을 어떻게 관리할 것인가? 식량을 사서 농가마다 방문해 분배하는 일은 우선 한 사람이 할 수 있는 일이 아니고, 급하게 서두르다가는 기아에 시달리는 사람이 아니라 형편이 넉넉한 자나 부농의 배만

두 배로 불릴 위험이 있다는 점은 말할 필요조차 없다. 나는 행정 기관을 믿지 않는다. 젬스트보의 지구 대장과 세무 조사관은 젊은 사람들인데, 요즘 젊은이가 다 그렇듯 극단적인 실리주의자이고 이상이라곤 찾아볼 수 없어서 신뢰하지 않는다. 지역 자치회 당국, 읍사무소 같은 지방 기관들에도 전혀 도움을 청하고 싶지 않았다. 젬스트보와 중앙 정부의 파이를 빨아먹느라 바쁜 이자들은 언제라도 생길 수 있는 또다른 파이를 챙겨 먹으려고 항상 입을 크게 벌리고 있다는 사실을 나는 안다.

지역 유지들을 초대해서, 기부금을 한데 모으고 지역 전체에 원조 물품을 배포하고 관리 지침을 내려보낼 위원회나 센터 같은 조직을 우리 집에 구성하자고 제안해야겠다는 생각이 떠올랐다. 폭넓고 자유로운 통제와 세밀한 협의를 가능케 하는 조직 구성은 내 구상과도 잘 맞아떨어진다. 그러나 잡다한 사람들이 모이는 지역 회합이 어쩔 수 없이 내 집에 불러들이게 될 간식, 정찬, 야식, 그리고 소음, 시간 낭비, 장황한 연설과 바보 같은 목소리 등을 상상하고는 서둘러 이 생각을 지워 버렸다.

집안 식구들의 협조나 지원도 기대할 수 없었다. 한때 대가족을 이뤄 떠들썩했던 친가 쪽의 어릴 적 가족 중에 살아 있는 사람은 가정 교사였던 마드무아젤 마리뿐이다. 지금은 마리야 게라시모브나라고 불리는, 존재감 없고 전혀 도움이 안 되는 인물이다. 그이는 깔끔하고 작은 일흔 살의 노인으로, 옅은 회색 원피스 차림에 흰 리본이 달린 모자를 쓰고 언제나 도자기 인형처럼 응접실에 앉아 책을 읽었다. 그 옆을 지나갈 때면 내가 무엇을 고민하는지 알고는 이렇게 말했다.

「파샤, 뭘 기대하니? 그럴 땐 어떻게 해야 하는지 전에도 말했잖아. 하인들의 행동거지를 보고 판단하렴.」

아내 나탈리야 가브릴로브나는 아래층에 살고 있다. 아내는 아래층에 있는 방을 모두 썼는데, 식사를 하고 잠을 자고 손님들을 맞으면서, 내가 식사를 거르지는 않았는지 잠은 잘 잤는지 누가 나를 찾아오는지 등에는 전혀 관심이 없었다. 우리의 관계는 긴장되지 않고 단순했지만, 차갑고 공허했으며 오랫동안 거리를 두고 사는 사람들 사이가 그렇듯이 따분했다. 위아래층에 살아도 서로 서먹서먹하기만 할 뿐이었다. 한때 나탈리야 가브릴로브나가 나에게 보였던 열정적이고 불안정한, 때로는 달콤하고 때로는 쓰디쓴 사랑은 이제 다 사라져 버렸다. 걸핏하면 성내는 모습, 목청 높여 따지는 언사, 비난, 불평, 통상 아내가 해외나 친정으로 떠나 버리고 내가 자주 조금씩 돈을 부쳐 주면 끝나던, 그래서 더 아내의 자존심을 상하게 해 격렬히 폭발하던 증오심도 이제는 남아 있지 않았다. (자존심 강한 아내와 처가는 내가 주는 돈으로 살고 있었는데, 아내는 아무리 그러고 싶어도 차마 내 돈을 거절할 수가 없었다. 이 사실만이 나에게 만족감을 주었고, 다툼으로 인한 괴로움을 위로해 주었다.) 요즘은 아래층 복도나 마당에서 우연히 마주쳐도, 나는 정중히 안부를 물었고 아내는 공손히 미소 지었다. 우리가 날씨며, 이중창문을 달 때가 됐다느니 누가 마구에 방울을 달고 제방을 따라 지나갔다느니 하는 이야기를 나눌 때 나는 그녀의 얼굴에서 이런 말을 읽는다. 〈나는 당신에게 충실해요. 당신이 그토록 소중히 여기는 당신의 명예를 훼손하지 않지요. 당신은 똑똑한 사람이니 나를 자극하지 않겠지요. 그렇게 우리 계산은 끝났어요.〉

나는 사랑의 불씨가 내 안에서 이미 오래전에 꺼진 데다 일에 깊이 몰두하고 있기에 아내와의 관계에 대해 심각하게 고민하고 있진 않다고 내심 굳게 믿었다. 하지만 아아! 그건 나의 생각일 뿐이었다. 아내가 아래층에서 큰 소리로 대화할 때면 비록 한마디도 알아듣지 못함에도 열심히 귀를 기울였다. 그녀가 아래층에서 피아노를 칠 때면 일어나서 들었다. 하인들이 아내를 태우려고 마차나 말을 준비할 때는 창가로 가서 그녀가 현관 밖으로 나오기를 기다렸고 이어 아내가 마차나 말에 올라타고 마당 밖으로 외출하는 모습을 지켜봤다. 나는 마음속에서 뭔가 잘못되었다고 느꼈고, 이런 사실이 시선과 표정에 드러날까 두려웠다. 눈으로 아내를 배웅하고는 다시 그녀가 돌아오기를 기다렸다. 창문으로 아내의 얼굴, 어깨, 모피 코트, 모자를 다시 볼 수 있을 그때를. 그럴 땐 왠지 쓸쓸하고 서글프고 한없이 서운해서, 아내가 지내는 방 안을 걷고 싶었고, 아내와 내가 성격이 맞지 않아 해결하지 못했던 문제들이 하루라도 빨리 자연의 질서에 따라, 즉 이 스물일곱 살의 아름다운 여자가 빨리 늙고 내 머리가 얼른 세어 벗어져서 저절로 풀리기를 바랐다.

어느 날 아침 식사 시간에 영지 관리인 블라디미르 프로호리치가 페스트로보 농부들이 가축에게 먹이려고 오두막 지붕의 짚을 벗겨 내기 시작했다고 보고했다. 마리야 게라시모 브나는 깜짝 놀라 나를 망연히 쳐다봤다.

「내가 어떻게 해야 할까요?」 내가 말했다. 「혼자서는 어찌해 볼 수가 없습니다. 지금처럼 나 혼자뿐이라는 생각이 절절했던 적도 없네요. 이 지역에서 의지할 수 있는 사람을 한 명이라도 찾을 수만 있다면 어떤 대가라도 치를 텐데.」

「이반 이바니치 씨와 상의하면 어떨까.」 마리야 게라시모 브나가 말했다.

「그렇군요!」 나는 그를 생각해 내어 기뻤다. 「좋은 생각입니다! C'est raison(당연히 그래야죠).」 이반 이바니치에게 편지를 쓰려고 서재로 가면서 콧노래를 불렀다. 「C'est raison, c'est raison…….」

2

  25년에서 35년 전, 이 집에 와서 먹고 마시며 가면무도회를 벌이고 사랑에 빠지고 결혼을 하고 지겨울 정도로 자기의 사냥개 무리와 말들을 자랑하며 떠벌렸던 숱한 지인 가운데 오직 한 사람, 이반 이바니치 브라긴만이 살아 있다. 그는 무척 활발했고 말이 많고 목소리가 컸고 쉽게 사랑에 빠졌으며, 여자들뿐 아니라 남자들까지 매료하는 독특한 표정과 뚜렷한 견해로 유명했지만, 이제는 완전히 늙어 살이 찌고 자기 견해도 표정도 없이 하루하루 여생을 이어 가고 있었다. 그는 내 편지를 받은 다음 날 저녁, 식당에 사모바르가 나오고 왜소한 마리야 게라시모브나가 레몬을 막 자르기 시작했을 때 도착했다.

  「어서 오세요, 아저씨.」 나는 그를 반기며 유쾌하게 말했다. 「그런데 살이 많이 찌셨네요!」

  「살이 찐 게 아니라 부은 거라네.」 그가 대답했다. 「벌에 쏘였나 봐.」

  자기 보고 뚱뚱하다고 놀리는 사람을 허물없이 대하면서 그는 두 팔로 내 허리를 감싸고 크고 부드러운 머리를 내 가슴에 기댔다. 머리카락을 소러시아인[3] 방식으로 가지런히 빗어 이마를 덮은 그는 노인들 특유의 가늘고 높은 웃음을 터뜨렸다.

「자네는 점점 더 젊어지는걸!」 웃으면서 그가 말했다. 「머리와 턱수염에 무슨 염색약을 쓰는지 궁금하네, 나한테도 좀 나눠 주지 그러나.」 그는 코를 킁킁거리고 숨을 헐떡이면서 나를 껴안고 뺨에 입을 맞췄다. 「나한테도 좀 나눠 주게…….」 그가 반복했다. 「그럼 이제 마흔인가?」

「아이코, 벌써 마흔여섯인걸요!」 나도 웃었다.

이반 이바니치에게서 풍기는 양초용 동물 기름과 부엌 연기 냄새는 그와 잘 어울렸다. 크고 뚱뚱하고 둔한 몸에 꽉 끼며, 허리선이 높고 단추 대신 호크와 고리가 달린, 마부가 입는 카프탄 비슷한 긴 프록코트에서 다른 냄새, 이를테면 오드콜로뉴 향기가 났다면 이상했을 것이다. 오랫동안 면도하지 않아 엉겅퀴 같아진 수염과 푸르스름한 이중 턱, 튀어나온 두 눈, 색색거리는 숨소리, 궁상스럽고 추레한 외모, 목소리와 웃음소리, 그리고 말투에서는, 한때 이 지역 남정네들로 하여금 아내를 단속하느라 전전긍긍하게 했던 날렵하고 흥미롭고 입담 좋은 사내의 모습을 찾아볼 수 없었다.

「아저씨, 저는 지금 아저씨의 도움이 간절히 필요합니다.」 식당에 앉아 차를 마실 때 말을 꺼냈다. 「기근에 시달리는 농

3 우크라이나인을 가리킨다. 슬라브족은 동슬라브족, 서슬라브족, 남슬라브족으로 나뉘고, 그 가운데 동슬라브족은 대러시아인, 소러시아인, 백러시아인으로 구성된다. 지금 대러시아는 러시아, 소러시아는 우크라이나, 백러시아는 벨라루스로 불린다.

민들을 돕는 구호 조직을 만들고 싶은데, 어떻게 시작해야 할지 모르겠어요. 그러니, 아저씨, 괜찮으시다면 조언을 좀 해주세요.」

「그래, 그래, 그러지…….」이반 이바니치가 한숨을 내쉬며 말했다.「그렇다면, 음, 그렇다면 말이야…….」

「걱정을 끼치고 싶지는 않지만, 정말로 아저씨 말고는 의지할 사람이 아무도 없어요. 이곳 사람들이 어떤지 아저씨도 잘 아시잖아요.」

「그렇다면, 그렇다면, 음…… 그렇다면 말이지…….」

순간 이런 생각이 떠올랐다. 이토록 진지한 사업을 논의하는 자리이니만큼 지위나 개인적인 관계는 제쳐 두고 누구나 참여할 수 있지 않은가, 그렇다면 나탈리야 가브릴로브나를 부르지 못할 이유도 없지 않은가.

「Tres faciunt collegium(셋이서 회의를 진행하죠)!」나는 신이 나서 말했다.「나탈리야 가브릴로브나도 부르면 어떨까요? 아저씨, 괜찮겠지요? 페냐.」나는 몸을 돌려 하녀를 불렀다.「나탈리야 가브릴로브나에게 가서 위층으로 좀 오시라고 해, 지금 바로. 아주 중요한 일 때문이라고 전하고.」

잠시 뒤 나탈리야 가브릴로브나가 식당으로 들어왔다. 일어나서 그녀를 맞으며 말했다.

「Natalie(나탈리), 귀찮게 해서 미안하오. 우리는 아주 중요한 일을 의논하려던 참인데, 다행스럽게도 당신의 훌륭한 조언을 들으면 좋겠다는 생각이 들었어. 당신이 거절하지 않는다면 말이야. 여기 앉지 그래.」

이반 이바니치가 나탈리야 가브릴로브나의 손에 입을 맞추자 그녀도 아저씨의 이마에 입을 맞췄다. 그런 다음 함께 탁자에 앉았는데, 아저씨는 지극히 행복한 표정으로 눈물을 머금고 나탈리야를 바라보다가 그녀 쪽으로 몸을 숙여 다시 손에 입을 맞췄다. 검은 옷을 입고 꼼꼼하게 머리를 빗은 그녀에게서 신선한 향수 냄새가 났다. 외출하려던 참이거나 손님을 기다리고 있었던 모양이다. 그녀는 식당에 들어올 때는 내게 편안하고 친절하게 손을 내밀었고, 이반 이바니치에게 그랬듯 상냥한 미소를 지어 주었다. 이건 마음에 들었다. 하지만 대화 도중 손가락을 이리저리 움직이며 자주 의자에 등을 기대고 신랄하게 말을 쏟아 냈고, 그 변덕스러운 언행이 내 신경을 자극하여 그녀가 오데사 출신임을 생각나게 했다. 오데사 사람들은, 남자고 여자고 그런 불쾌한 태도로 한동안 나를 피곤하게 했었다.

「나는 기근에 시달리는 농부들을 위해 뭔가를 하고 싶은데요.」 내가 말을 꺼냈다. 그리고 잠시 멈췄다가 말을 이었다. 「돈이 물론 중요한 문제겠지만, 돈만 내놓고 말 일은 아니라고 봅니다. 돈을 줬으니 가장 중요한 문제는 해결됐다고 여겨 속 편히 지낼 순 없겠지요. 원조가 돈과 관련되어 있긴 해도, 무엇보다 적절하고 견실한 조직을 구성하는 것이 중요합니다. 여러분, 이 문제를 함께 생각해서 뭔가를 해보면 어떨까 합니다.」

나탈리야 가브릴로브나는 궁금하다는 표정으로 나를 쳐다보고는 어깨를 으쓱했다. 〈내가 뭘 알겠어요〉라고 말하는 듯했다.

「그래, 그래, 기근…….」이반 이바니치가 중얼거렸다. 「정말로…… 그래…….」

「심각한 상태입니다.」내가 말했다. 「빠른 지원이 필요하지요. 우리가 취할 행동에서 가장 절박한 원칙으로 삼아야할 것은 바로 신속성이라고 봅니다. 마치 군대처럼 재빨리상황을 파악하고 기민하게 시행해야 합니다.」

「그래, 기민하게…….」이반 이바니치가 마치 잠에 취한 사람처럼 졸리고 나른한 목소리로 되뇌었다. 「그런데 할 수 있는 일이 있을까. 땅이 곡식을 내주지 않는데…… 아무리 기민하게 파악하고 시행해 봐야 뭘 하겠어……. 자연의 힘이란 거야……. 하느님과 운명을 거스를 순 없지…….」

「맞아요, 하지만 바로 그래서 사람은 자연의 힘에 맞서 싸울 머리를 가지고 태어나지 않았나요.」

「어? 그런가……. 그렇다면야, 그래……. 그렇지.」

이반 이바니치는 손수건으로 코를 풀고 잠에서 막 깨어난 사람처럼 환한 표정으로 나와 아내를 둘러봤다.

「내 땅도 곡식을 하나도 내주지 않았어.」그가 가는 목소리로 싱겁게 웃으며, 자신이 방금 한 말이 무척 우습다는 듯 능청스럽게 눈을 껌벅였다. 「돈도 없지, 양식도 없지, 그런데 셰레메티예프 백작[4]네 집처럼 일꾼들만 마당에 가득하다네.

4 모스크바 근교에 넓은 영지를 소유했던 18세기 러시아의 대부호. 그는 여러 지침을 만들어 영지를 관리했는데, 소작농들이 자율적으로 자기 상태를 개선해야 한다고 주장했다.

목덜미를 잡고 전부 내쫓아 버리고 싶지만 불쌍해서 그럴 수
도 없어.」

나탈리야 가브릴로브나가 웃으면서 이반 이바니치에게
그의 집안일에 관해 이것저것 묻기 시작했다. 나는 아내와
함께 있다는 사실만으로도 오랫동안 맛보지 못한 만족감을
얻었고, 그 은밀한 감정이 눈에 드러날까 두려워 그녀를 똑
바로 바라볼 수 없었다. 그러한 감정이 놀랍고 우스워 보일
정도로 우리 관계는 심각한 상태였다. 아내는 지금 나와 함
께 있으며 나만 웃지 않는다는 사실에는 전혀 마음을 쓰지
않고 웃음을 터뜨리면서 이반 이바니치와 이야기했다.

「그런데, 여러분, 앞으로 우리는 무엇을 해야 할까요?」 나
는 잠시 기다린 후 물었다. 「무엇보다 먼저, 가능한 한 빨리
말입니다, 후원 약정을 받는다고 공지해야 합니다. 나탈리,
우리는 수도와 오데사에 사는 지인들에게 기부를 요청하는
편지를 쓰는 게 좋겠어. 기금이 어느 정도 조성되면 식량과
사료를 사는 겁니다. 이반 이바니치 아저씨, 구호물자를 나
누어 주는 일을 맡아 주시겠습니까. 아저씨는 재치 있고 유
능한 분이시니 전적으로 신뢰합니다만, 우리 입장에서 더 각
별히 바라는 바를 말씀드리면, 구호물자를 분배하기 전에 현
장 상황을 꼼꼼하게 파악하셔서, 이건 아주 중요한 점인데요,
식량이 절대로 술주정꾼이나 게으름뱅이 혹은 부농에게 가
지 않고 정말로 필요한 사람들 손에 들어가도록 감독해 주시
라는 겁니다.」

「그럼, 그럼, 그래야지…….」 이반 이바니치가 중얼거렸다.

「그래, 그래, 그래야겠지…….」

〈아니, 저런 폐인이 다 된 사람하고 어떻게 함께 일할 수 있을까.〉 이런 생각이 들어 짜증이 났다.

「기근에 시달리는 사람들이 이젠 아주 지겹네! 그놈들은 불평밖에 모르지, 불평밖에 몰라.」 이반 이바니치가 레몬 껍질을 핥으며 말을 이었다. 「배고픈 자는 배부른 자를 원망하고, 빵을 가진 자는 굶주린 자에게 모욕을 당하고. 그래…… 기근은 사람을 미치게 하고 어리석게 만들어서, 결국은 사람이 사나워져. 굶주림은 간단한 문제가 아니야. 굶주리면 험악한 말을 함부로 하고, 남의 물건을 훔치고, 아니 그보다 더 나쁜 짓도 서슴지 않아……. 그 점을 알아야 해.」

이반 이바니치가 차를 마시다가 사레가 들어 기침을 하기 시작했다. 컥컥거리느라 숨이 막히는데도 온몸이 흔들리도록 웃음을 터뜨렸다.

「포, 포, 폴타바[5] 근교에서 있었던 일인데!」 그는 기침과 웃음 때문에 말하기가 힘들어지자 두 손을 내저으며 떠듬떠듬했다. 「폴타바 근교에서 있었던 일인데! 농노 해방령이 내려지고 3년이 지났나, 그쪽 두 지역에 기근이 들었는데, 지금은 죽은 표도르 표도리치가 와서는 자기네 집으로 가자는 거야. 갑시다, 같이 갑시다 하고 아주 끈덕지게도 졸라 댔지. 왜 그러는데? 그럼 가지, 내가 그랬어. 그래서 우리는 함께 출발했다네. 저녁이었고 눈이 내리고 있었어. 한밤중에 그 사람 영지에 거의 도착했을 무렵 숲에서 갑자기 〈탕!〉 소리가 나는

5 소러시아, 즉 지금의 우크라이나 동북부에 있는 도시.

거야. 잠시 후 한 번 더 〈탕!〉 했어. 아, 이런 젠장……. 나는 얼른 썰매에서 뛰어내려 둘러봤지. 어둠 속에서 한 남자가 무릎까지 쌓인 눈을 헤치고 내 쪽으로 달려오지 않겠어. 나는 손으로 그놈의 어깨를 붙잡고, 요런 식으로 말이야, 손에서 총을 빼앗았지. 그때 또 한 놈이 불쑥 나타나길래 목덜미를 후려쳤더니, 비명을 지르며 눈 속에 코를 처박았어. 당시에 나는 건장했거든, 주먹도 셌고. 내가 두 놈을 해치우고 돌아보니까, 페댜[6]가 세 번째 놈 위에 걸터앉아 있더군. 그렇게 우리는 건달 셋을 붙잡았지. 그러고 나서 우리를 공격하지도 자해하지도 못하게 두 손을 등 뒤로 묶고 그 바보 같은 놈들을 부엌으로 끌고 갔어. 그놈들한테 악이 받쳤지만, 한편으로는 쳐다보기가 거북했네. 아는 농부들이었거든. 선량한 사람들이었는데, 딱했어. 강도질도 제대로 할 줄 모르는 놈들이 기겁해서는 아주 바보 같은 짓을 했으니 말이야. 한 녀석은 울면서 용서를 빌었고, 또 한 놈은 짐승처럼 노려보며 욕설을 내뱉었고, 나머지 녀석은 무릎을 꿇고 하느님께 기도를 하더라고. 내가 페댜에게 말했지, 못마땅해도 이 나쁜 놈들을 풀어 주자고! 그는 그자들에게 음식을 먹이고 밀가루를 1푸드[7]씩 줘서 보냈어. 〈어서 꺼져!〉 하면서. 그런 일이 있었지……. 이젠 죽었으니 천국에서 영원한 평화를 누리기를! 페댜는 모두 이해해 주고 그놈들을 미워하지 않았지만, 그런 일을 당하면 원한을 품고 상대를 파멸시켜 버리는 자들이 있

6 표도르 표도리치의 애칭.
7 러시아의 중량 단위. 1푸드는 약 16.4킬로그램이다.

어! 그래…… 그때 클로치코프 술집에서 열한 명이나 붙들려 강제 노역에 끌려갔잖아. 그래…… 최근에도 그런 일이 있었는데……. 지난 목요일에 예심 판사 아니신이 우리 집에 와서 묵을 때 어떤 지주 이야기를 해줬는데……. 그래…… 밤중에 누가 지주의 창고 벽을 부수고 호밀 스무 자루를 훔쳐 갔다는 거야. 지주는 아침에 범죄 사실을 발견하자마자 도지사한테 전보를 치고, 검사, 경찰서장, 예심 판사에게도 연이어 전보를 보냈다지……. 관리들은 고발하기 좋아하는 민원인을 두려워하지 않나, 그래서…… 관계 당국에선 난리가 났고 한바탕 큰 소란이 벌어졌다고 해. 마을 두 개를 샅샅이 뒤졌다고 하니까.」

「잠깐만요, 이반 이바니치 아저씨.」 내가 말했다. 「호밀 스무 자루를 도둑맞은 사람은 바로 저였습니다. 도지사에게 전보를 친 사람도 저였고요. 페테르부르크에도 전보를 쳤지요. 하지만 아저씨가 말씀하신 대로 고발을 좋아해서 그런 건 절대 아닙니다. 원한을 품어서도 아니고요. 저는 무엇보다 매사 원칙에 입각해 판단합니다. 도둑질은, 저지른 사람이 굶주렸든 아니든 법의 관점에서는 매한가지로 범죄 행위입니다.」

「그렇지, 그래…….」 이반 이바니치가 당황해서 웅얼거렸다. 「물론이네……. 확실히, 그렇지…….」

나탈리야 가브릴로브나의 얼굴이 빨개졌다.

「그런 사람들이 있어요…….」 그녀가 말을 꺼냈다가 멈췄다. 그녀는 냉철해 보이려 애썼지만 화를 참지 못하고 내게 너무나 익숙한 증오심을 내비치며 내 눈을 똑바로 쳐다보았다. 「그런 사람들이 있어요.」 그녀가 다시 힘주어 말했다. 「다른 사람의 배고픔과 인간적인 고통에 대고 더럽고 저급한 성질을 분출하는 부류 말이죠.」

나는 당황해서 어깨를 으쓱했다.

「내가 말하고 싶은 바는,」 그녀가 말을 이었다. 「동정심이라곤 손톱만큼도 없는 아주 냉정한 사람들이 있는데, 그런 이들도 통상 남의 고통을 그냥 지나치지 않는다는 거예요. 다른 사람들이 자기 없이도 문제를 잘 극복할지 모른다는 사실에 두려움을 느껴 그러는 거죠. 그래서 참견하려 드는 겁니다. 그런 자에겐 허영심이 있을 뿐 거룩한 성정은 조금도 없어요.」

「이런 사람도 있죠.」 내가 부드럽게 응수했다. 「성품은 천사 같지만, 아름다운 생각을 제대로 표현하지 못해 천사인지 아니면 오데사의 장바닥을 굴러다니는 아낙네인지 구별하기 힘든 사람 말입니다.」

이 말은 잘못 나왔다는 점을 인정해야겠다.

아내는 대꾸하지 않으려고 엄청나게 애쓰는 모습으로 나를 쏘아보았다. 그녀가 돌연 마음이 격앙되어, 기근에 시달리는 농부들을 돕겠다는 나의 소망을 질타하며 터뜨린 웅변은 적어도 그 자리에는 어울리지 않았다. 그녀를 위층으로 불렀을 땐 나와 나의 계획에 대해 이와는 전혀 다른 태도를 기대했었다. 내가 무엇을 기대했는지 정확히 설명하기는 힘들어도, 어떤 기대에 부풀어 기분 좋게 흥분해 있었다. 그러나 이제는 굶주리는 자들에 관해 계속 이야기하기가 어렵고, 어쩌면 어리석은 일인지도 모른다는 점을 깨달았다.

「그래…….」 이반 이바니치가 궁색하게 중얼거렸다. 「상인 부로프는 40만 루블을 가지고 있어. 아니, 그보다 더 많을 거야. 그 사람에게 말한 적이 있지. 〈배곯는 사람들에게 1만이나 2만 루블 정도 기부하지 그래. 어차피 죽을 때 저세상으로 가져갈 수는 없잖은가.〉 기분 나빠 하더군. 하지만 우리는 모두 죽잖아. 죽음은 사소한 농담 같은 게 아니야.」

다시 침묵이 흘렀다.

「그러니까 결국, 저 혼자서 어떻게 해볼 수밖에 없겠군요.」 나는 한숨을 쉬었다. 「혼자서는 감당할 수 없는 일인데. 하지만 어쩔 수 없지! 혼자 싸워 보죠. 기근과 벌이는 전쟁이 무관심에 맞선 싸움보다는 아마 더 수월할 겁니다.」

「아래층에 손님들이 와 계셔서.」 나탈리야 가브릴로브나가 말했다. 그녀는 의자에서 일어나 이반 이바니치 쪽을 향했다. 「가시기 전에 아래층에 좀 들러 주실래요? 잠시 뒤에 뵐 테니 안녕히 가시란 말은 지금 하지 않을게요.」

그러고는 나가 버렸다.

이반 이바니치는 차를 일곱 잔째 마시며 숨을 헐떡대고 쩝쩝 소리를 냈다. 레몬 껍질을 핥다가 말려든 수염을 빨기도 했다. 그는 졸린 사람처럼 나른하게 웅얼웅얼했는데, 나는 귀 기울이지 않고 그가 떠나기만을 기다렸다. 마침내, 아저씨는 그저 차 한잔 하려고 찾아왔을 뿐이었다는 표정으로 일어나 떠날 준비를 했다. 그를 배웅하면서 말했다.

「아무런 조언도 해주시지 않는군요.」

「어? 나는 기력이 없는 노인일세, 머리도 둔해졌지.」 그가 대답했다. 「내 조언이 무슨 소용이 있겠나? 자넨 공연히 걱정하는 것 같아…… 왜 걱정하는지 정말이지 알 수가 없군. 이보게, 너무 염려하지 말게! 그럴 필요가 없어…….」 그는 어린애 다루듯 나를 진심으로 위로하며 가만가만 속삭였다. 「그럴 필요가 없다네……!」

「어떻게 그럴 필요가 없다 하십니까? 농부들이 오두막 지붕에서 짚을 벗겨 내고 티푸스가 돌고 있다는데요.」

「아니, 그게 어쨌다는 건가? 내년에 수확을 하면 새로 지붕을 얹을 테고, 우리가 티푸스로 죽는다고 해도 우리 뒤에 또 다른 사람들이 살 텐데. 어차피 사람은 죽게 되어 있어, 지금 당장은 아니더라도 언젠가는 말이지. 이보게, 너무 걱정하지 말게!」

「걱정하지 않을 수가 없습니다.」 나는 짜증을 내며 말했다.

우리는 전등이 흐릿하게 불을 밝힌 현관에 서 있었다. 이반 이바니치가 갑자기 팔꿈치를 잡고 뭔가 아주 중요한 말을 하려는 모습으로 30초가량 나를 가만히 쳐다봤다.

「파벨 안드레이치!」 그가 조용히 말했다. 갑자기 그의 살진 얼굴에서 웃음기가 사라졌고, 검은 눈동자에는 한때 그를 유명하게 만들었던 매력적인 표정이 번득였다. 「파벨 안드레이치, 자네에게 친구로서 말하겠네. 성격을 바꿔야 해! 자네와 같이 있기가 힘드네! 정말 그래, 힘들다네!」

그는 내 얼굴을 뚫어지게 바라보았다. 매력적인 표정은 이 내 사라지고 눈동자도 흐릿해졌다. 그는 코를 훌쩍거리며 맥없이 중얼거렸다.

「그래, 그래…… 이 늙은이를 용서해 주게……. 죄다 허튼소리지……. 그래…….」

아저씨는 균형을 잡으려고 어설프게 두 팔을 벌리고 기우뚱거리며 힘겹게 계단을 내려갔는데, 살지고 거대한 등과 붉은 목덜미가 보이는 뒷모습이 마치 바닷가의 게 같아 불쾌한 인상을 풍겼다.

「자네같이 대단한 사람은 떠나야 하지.」 그가 중얼거렸다. 「페테르부르크나 아니면 해외로……. 대체 왜 여기 살면서 황금 같은 시절을 낭비하나? 자네는 젊고, 건강하고, 부유하지 않나……. 그래……. 어휴, 내가 조금만 더 젊었더라면 휙 소리가 날 만큼 빠르게 토끼처럼 달아났을 텐데!」

3

아내의 격앙된 반응에 나는 우리 부부의 결혼 생활을 떠올렸다. 예전에 우리는 그렇게 격렬히 폭발할 때마다 서로에게 저항할 수 없이 끌렸고, 함께 마음속에 축적된 다이너마이트를 모두 터트렸다. 이반 이바니치가 나간 지금도 나는 아내에게 가고 싶은 충동을 강하게 느꼈다. 아래층으로 내려가서, 차를 마실 때 당신은 나를 모욕하는 행동을 했고 박정하고 치졸하게 굴었으며, 그런 속물근성으로는 내가 말하는 바와 하는 일을 이해할 수 있는 수준에 절대 도달하지 못한다고 말해 주고 싶었다. 아내에게 해줄 말을 생각하고 또 그녀가 내놓을 대답을 추측하면서 한참을 이 방 저 방 들락날락하며 돌아다녔다.

이날 저녁 이반 이바니치가 나가자 최근 나를 괴롭히고 있던 불편함이 유난히 더 짜증스럽게 느껴졌다. 가만히 앉아 있거나 서 있을 수 없어서 계속해서 불이 켜진 방들을 이리저리 돌아다니다가 마리야 게라시모브나가 있는 방 근처까지 갔다. 언젠가 북해에서 폭풍우를 만나 내가 타고 있던 기선이, 밑바닥에 밸러스트[8]도 무거운 화물도 없어 뒤집힐지도 모른다 싶어 불안했던 때와 비슷한 기분이 들었다. 이날 저녁, 내가 느끼는 불편함이 전에 생각했듯 낙심이 아니라 다른 감정이라는 사실을 깨달았다. 하지만 그것이 무엇인지 이해할 수 없었기에 더욱 짜증스러웠다.

〈아내에게 가봐야겠어.〉 나는 결심했다. 〈뭐라고 핑계를 대지. 그래, 이반 이바니치를 보러 왔다고 하지. 그러면 될 거야.〉

아래층으로 내려가 카펫이 깔린 통로를 따라 천천히 걸어 현관과 홀을 지나갔다. 이반 이바니치가 응접실 소파에 앉아 또 차를 마시며 뭐라고 중얼거리고 있었다. 아내는 맞은편에서 안락의자의 등받이를 잡고 서 있었다. 그녀의 얼굴에는 고요하고 달콤하고 온순한 표정이 서려 있었다. 바보 성자나 성인 들의 사소한 말과 중얼거림을 들으며, 거기에 숨은 특별한 의미를 찾겠다는 사람들이 보이는 표정 같았다. 아내의 얼굴과 몸가짐에서 정신 질환자나 수도사가 풍기는 분위기가 느껴졌다. 오래된 가구와, 새들이 잠든 새장이 있고 제라늄 향기가 나는 그녀의 공간은 천장이 낮고 약간 어둑하며 무척 따뜻해서 수녀원장이나 신앙심 깊은 노장군 부인의 거처를 떠올리게 했다.

응접실로 들어갔다. 아내는 놀라지도 당황하지도 않고 내가 올 줄 알았다는 듯이 차분하고 메마른 시선으로 나를 바

---

8 화물의 양이 적어 배의 균형을 유지하기 어려울 때 바닥에 싣는 물이나 자갈을 말한다.

라보았다.

「죄송합니다.」내가 부드럽게 말했다. 「아직 가시지 않아서 정말 다행입니다, 이반 이바니치 아저씨. 아까 위층에서 여쭤보려 했는데 깜빡했습니다. 이 지역 젬스트보 의장의 이름과 부칭을 아시나요?」

「안드레이 스타니블라보비치, 그렇다네…….」

「Merci(고마워요).」이렇게 말하고 주머니에서 수첩을 꺼내 적었다.

침묵이 흘렀다. 아내와 이반 이바니치는 내가 나가 주기를 기다리는 것 같았다. 아내는 내가 젬스트보 의장의 이름을 알 필요가 있다는 사실을 믿지 않았다. 눈이 그렇게 말하고 있었다.

「부인, 이제 그만 가야겠소.」이반 이바니치는 내가 응접실을 한두 번 왔다 갔다 하다가 벽난로 옆에 앉자 분명치 않은 발음으로 말했다.

「아니에요.」나탈리야 가브릴로브나가 그의 손을 잡고 빠르게 말했다. 「15분만이라도 더 계셔 주세요……. 부탁드려요.」

분명히 그녀는 아무도 없이 나와 단둘이만 남고 싶지 않았던 것이다.

〈그렇다면, 나도 15분 더 기다리지.〉나는 생각했다.

「아, 눈이 오네!」내가 일어나서 창밖을 내다보며 말했다. 「아저씨, 눈이 많이 내리는데요!」이렇게 말을 이으며 응접실을 이리저리 걷기 시작했다. 「사냥꾼이 되지 않은 게 아쉬

위요. 이런 눈 속에서 토끼와 늑대를 쫓으면 얼마나 즐거울지 상상만 해도 좋은걸요!」

아내는 그 자리에 가만히 서서 고개도 돌리지 않고 나의 움직임을 곁눈으로 지켜봤다. 마치 내가 주머니에 날카로운 칼이나 권총을 숨기고 있기라도 한 것 같은 표정이었다.

「이반 이바니치, 사냥 가실 때 저도 한번 데려가 주세요.」 나는 부드럽게 말을 이어 나갔다. 「그래 주시면 정말, 정말 감사드릴게요.」

그때 응접실로 한 방문객이 들어왔다. 처음 보는 남자였는데, 마흔 살쯤 되어 보이고, 키가 크고 건장하고, 머리가 벗어졌고, 긴 황갈색 수염을 길렀고, 눈이 작았다. 구겨지고 헐렁한 옷과 차림새로 보아 교구 사제나 교사일 거라고 짐작했지만, 아내는 그를 의사 소볼이라고 소개했다.

「만나 뵙게 돼서 무척이나 반갑습니다!」 의사는 성량이 풍부한 테너 톤으로 인사하며 내 손을 꽉 잡고 순진한 미소를 지었다. 「무척이나 반갑습니다!」

그는 탁자에 앉아 찻잔을 들고 큰 소리로 말했다.

「혹시 럼주나 코냑 있습니까? 부디, 올랴, 찾아봐 줘요.」 그가 하녀를 향해 말했다. 「찬장에 있지 않을까요, 온몸이 얼어붙어서 말이죠.」

나는 다시 벽난로 옆에 앉아 그들을 지켜보면서 이야기를 듣고 이따금 끼어들어 한두 마디 보탰다. 아내는 방문객에게 친절한 미소를 지으면서 나는 짐승이라도 대하듯 날카롭게 경계했다. 내가 자리를 지키고 있어서 거북해했는데, 그런

태도에 질투심이 일고 화가 나서 그녀에게 상처 주고 싶은 욕망이 치밀었다. 나는 생각했다. 당신은 내 아내이고 이 아늑한 방과 벽난로 옆 따뜻한 자리도 내 소유가 아닌가. 아주 오래전부터 내 것이었잖아. 그런데 왜 나이가 들어 정신도 흐릿한 저 이반 이바니치나 소볼이란 자가 주인인 것처럼 구는 거야. 지금 나는 아내를 위층 창문을 통해서가 아니라, 평범한 가정의 경우 그렇듯이 바로 옆에서 보고 있다. 나이가 들어 가니 이런 평범한 가정 환경이 결핍된 처지가 더 서글프게 다가왔다. 아내가 나를 증오함에도 마치 어린 시절에 어머니와 유모를 찾았듯이 그녀를 갈망하고, 나이가 든 지금은 이전보다 더 순수하고 절실하게 사랑하고 있음을 느낀다. 그래서 아내에게 다가가 구두 뒷굽으로 발을 세게 밟아 상처 주고 빙그레 웃고 싶었다.

「족제비[9] 선생,」 나는 의사에게 물었다. 「이 지역에 병원이 몇 개 있습니까?」

「소볼, 검은담비예요.」 아내가 정정했다.

「두 개 있습니다.」 소볼이 대답했다.

「매년 한 병원에서 사망자가 몇 명 나오나요?」

「파벨 안드레이치, 나하고 이야기 좀 해요.」 아내가 말했다.

아내는 손님들에게 실례한다고 말하고 옆방으로 갔다. 나도 일어나서 그녀를 따라갔다.

「지금 당장 위층 당신 방으로 가세요.」

---

9 의사의 이름인 소볼은 검은담비라는 뜻이기도 한데, 이 짐승은 족제빗과 동물이다.

「교양 없이 그게 무슨 소리야.」

「지금 당장 위층 당신 방으로 가시라고요.」 그녀가 매몰차게 반복해 말하고, 증오를 가득 담은 눈으로 내 얼굴을 바라봤다.

아내가 너무나 가까이 서 있어서 내가 조금만 몸을 숙이면 수염이 그녀의 얼굴에 닿을 정도였다.

「대체 왜 그러는 거야?」 내가 말했다. 「내가 무슨 잘못이라도 했다는 거야?」

아내의 턱이 떨렸다. 그녀는 황급히 눈가를 닦고 얼른 얼굴을 거울에 비춰 본 다음 나지막이 말했다.

「옛날 이야기가 또 시작되는군요. 당신은 물론 나가지 않겠죠. 좋아요, 그렇게 하세요. 내가 나가죠. 당신은 남아요.」

그녀는 단호한 얼굴로, 나는 어깨를 으쓱하고 억지 미소라도 지으려고 애쓰면서 응접실로 돌아갔다. 중년 여성과 안경을 쓴 청년, 두 사람이 더 와 있었다. 나는 새로 온 손님들과 인사도 나누지 않고, 또 이미 와 있던 사람들에게도 인사를 하지 않고 내 방으로 올라갔다.

내 방에서 차를 마시면서 시작되어 아래층에서 계속 벌어진 일을 겪고 나니, 우리가 지난 2년 동안 잊고 있었던 〈가정의 행복〉이 터무니없고 사소한 이유로 처음부터 다시 시작되었고, 나도 아내도 이제 자신을 멈출 수 없으며, 내일이나 모레 증오가 폭발한 다음, 과거의 경험으로 보건대 혐오할 만한 일이 일어날 테고, 결국 우리 일상의 질서를 몽땅 뒤엎고 말 거라는 생각이 더욱 또렷해져 갔다. 나는 위층의 방들을 걸어 다니며 또 생각했다. 그러니까 지난 2년 동안 우리는 더 현명해지지도 냉정해지지도 차분해지지도 못한 거야. 결국, 눈물, 고함, 저주, 여행 가방, 출국, 그러고 나서 아내가 외국에서 이탈리아 남자나 러시아 사내 같은 건달과 놀아나 나를 모욕하지 않을까 하는 병적인 공포가 이어질 테고, 또 여권 효력 중지, 편지들, 극도의 외로움, 아내에 대한 그리움…… 그러면서 한 5년쯤 더 늙고 머리는 더 세겠지……. 통통하게 살이 올라 더욱 예뻐진 그녀가 내가 모르는 사내의 품에 안기는, 있을 수 없는 일을 상상하며 이리저리 걸어 다녔다……. 그러다가 분명히 그런 일이 일어날 거라는 확신이 들어 절망에 빠져서 나 자신에게 물었다. 왜, 도대체 왜, 그토록 오랫동안 싸우면서 한 번도 그녀에게 이혼이라는 말을 꺼내지 않았을까, 아니 왜 그녀는 나를 아예, 영원히 떠나지 않았을까? 그랬더라면 그녀를 향한 이런 갈망도 미움도 불안도 없었을 텐데, 남은 인생을 조용히 일만 하면서 아무 걱정 없이 살았을 텐데…….

마당으로 램프가 둘 달린 사륜마차가 들어오고, 이어서 말세 마리가 끄는 커다란 썰매가 도착했다. 틀림없이 아내가 야회를 연 것이다.

자정까지 아래층에선 아무 소리도 들리지 않았고 조용했지만, 자정이 되자 의자 끄는 소리, 그릇 덜그럭거리는 소리가 났다. 밤참을 먹는 모양이었다. 그런 다음 다시 의자를 움직이는 소리가 나더니 바닥을 통해 소음이 들려왔다. 만세를 외치는 것 같았다. 마리야 게라시모브나는 이미 잠들었고 나

혼자 위층에 남아 깨어 있었다. 응접실 벽에 걸린 알지도 못하는 선조들의 초상이 무뚝뚝하게 나를 내려다봤고, 서재에 들어가니 창에 비친 램프의 불빛이 기분 나쁘게 깜빡거리고 있었다. 아래층에서 벌어지고 있는 일에 질투와 선망이 뒤섞인 감정을 느끼며 귀를 기울인 채 생각했다. 〈이 집의 주인은 나야. 내가 원한다면 저 무리를 당장 쫓아낼 수도 있어.〉 그러나 이 생각이 터무니없고, 아무도 쫓아낼 수 없으며, 〈주인〉이라는 단어가 아무 의미도 없다는 사실을 나는 알고 있었다. 내 마음대로 스스로를 얼마든지 주인, 남편, 부자, 귀족이라고 생각할 수는 있지만 그런 칭호가 대체 무엇을 의미하는지는 몰랐다.

밤참을 마치고 아래층의 누군가가 테너 목소리로 노래를 부르기 시작했다.

〈별일 아니잖아!〉 나 자신을 설득하려고 애썼다. 〈이렇게 흥분할 필요가 어딨어? 내일 아래층으로 내려가지 말아야지, 그러면 돼. 그럼 우리 싸움은 끝나는 거다.〉

새벽 1시 15분이 지나서 잠자리에 들었다.

「아래층 손님들은 가셨나?」 옷 벗는 것을 도와주는 알렉세이에게 물었다.

「네, 돌아들 가셨습니다.」

「그런데 왜 만세를 불렀지?」

「알렉세이 드미트리치 마호노프 씨께서 구제 기부금으로 1천 루블과 밀가루 1천 푸드를 내놓으셨습니다. 그리고 어느 노부인께서, 성함은 모르겠습니다만, 자신의 영지에 150명이 이용할 수 있는 급식소를 세우겠다고 약속하셨습니다. 하느님 감사합니다……. 나탈리야 가브릴로브나께서 모든 분께 금요일마다 모이자고 말씀하셨지요.」

「우리 집 아래층에서?」

「네, 그렇습니다. 밤참을 드시기 전에 목록을 읽으시던데요. 지난 8월부터 오늘까지 나탈리야 가브릴로브나 마님께서 식량 외에도 8천 루블을 모으셨답니다. 하느님 감사합니다……. 제 생각으로는, 나리, 마님께서 소작농을 구제하기 위해 조금만 뛰어다녀도 엄청난 액수가 모일 겁니다. 여기에는 부유한 사람들이 많으니까요.」

알렉세이를 내보내고 불을 끄고 이불을 머리끝까지 뒤집어썼다.

〈결국, 난 대체 뭘 그리 걱정한 거지?〉 나는 생각했다. 〈부나비가 불빛을 향해 달려들듯이 내가 굶주리는 자들에게 향하도록 이끈 힘은 무엇이었을까? 나는 그들을 알지도 이해하지도 못하잖아. 본 적도 없고 좋아하지도 않으면서 왜 그렇게 불편해한 걸까?〉

나는 갑자기 이불 속에서 성호를 그었다.

〈무슨 사람이 그래?〉 아내를 생각하다 속으로 중얼거렸다. 〈나도 모르게 이 집에서 정기 회합을 열겠다고? 무슨 비밀이라도 있나? 음모라도 꾸미겠다는 건가? 내가 뭘 어떻게 할까봐 그러는 거야?〉

이반 이바니치가 옳았다. 나는 떠나야 한다!

다음 날 아침 눈을 뜨자마자 하루라도 빨리 떠나기로 굳게 결심했다. 어제 일어난 일들이 낱낱이 떠올랐다. 차를 마시며 나눈 대화, 아내, 소볼, 밤참, 근심이 나를 괴롭혔지만, 자꾸만 이 모든 것을 떠올리게 하는 환경에서 곧 벗어날 생각을 하니 기뻤다. 커피를 마시는 동안 영지 관리인 블라디미르 프로호리치가 여러 가지 일을 길게 보고했다. 그러고 나서 내가 가장 좋아할 거라고 생각한 사항을 마지막에 알렸다.

「우리 호밀을 훔친 도둑놈들을 찾았습니다.」 그가 미소 지으며 보고했다. 「어제 예심 판사가 페스트로보에서 농부 세 명을 체포했답니다.」

「그만 나가!」 나는 화가 치밀어 고함을 지르고, 대충 손에 잡히는 대로 비스킷 바구니를 바닥에 내던졌다.

4

늦은 아침 식사를 마치고 두 손을 문지르며, 아내에게 가서 내가 떠난다는 사실을 알려야겠다고 생각했다. 그런데 왜? 누가 관심이나 있을까? 아무도 없지, 나는 스스로 대답했다. 그렇다고 아내에게 알리지 말아야 할 이유가 있을까? 그녀가 기뻐할 게 뻔하기 때문인가? 아무리 그래도 어제 싸웠다고 아무 말도 하지 않고 떠나 버리는 것은 결코 옳은 처사가 아니다. 그러면 아내는 내가 자신의 행동에 놀랐다고 생각할 수도 있다. 나를 내 집에서 내쫓았다는 생각에 부담스러워할지도 모른다. 그래, 5천 루블을 기부하겠다고 말하는 것도 나쁘지 않겠다. 아니, 단체 구성에 관해 몇 가지 조언을 해주면 어떨까. 이렇게 복잡하고 책임이 뒤따르는 일에 그녀가 서툴러서 참담한 결과를 초래할 수도 있다고 경고하는 것 역시 좋지 않을까. 요컨대 나는 아내를 만나고 싶었고, 아내에게 가고 싶어 여러 구실을 지어내는 동안 반드시 아내를 만나야겠다는 마음이 더욱 강해졌다.

아내의 방에 들어갔을 때는 날이 환하게 밝아서 램프의 불이 켜져 있지 않았다. 그녀는 응접실과 침실 사이에 있는 서재 의자에 앉아 책상 위로 몸을 굽힌 채 뭔가를 빠르게 쓰고 있었다. 그러다 나를 발견하고는 깜짝 놀라 책상에서 벌떡 일어나더니 서류를 못 보게 가렸다.

「미안해, 잠깐이면 돼.」 이렇게 말은 꺼냈지만, 왠지 모르게 나도 당황했다. 「나탈리, 당신이 굶주리는 이들을 돕는 구호 모임을 조직한다는 사실을 우연히 알게 되었어.」

「네, 그래요. 하지만 그건 내 일이에요.」 그녀가 대답했다.

「그럼, 당신 일이지.」 내가 부드럽게 말했다. 「그걸 알고 기뻤어. 내 의도와도 딱 맞아떨어지는 일이니까. 나도 참여할 수 있게 허락해 주면 좋겠는데.」

「미안해요, 받아들일 수 없어요.」 그녀는 이렇게 대답하고 시선을 돌렸다.

「왜 안 된다는 거야, 나탈리.」 조용히 물었다. 「안 되는 이유가 뭐야? 나도 배부른 사람이니, 굶주리는 사람들을 돕고 싶다는 건데.」

「이 일이 당신과 무슨 상관이 있는지 모르겠네요.」 그녀는 경멸 어린 미소를 지으며 어깨를 으쓱했다. 「아무도 당신에게 부탁하지 않아요.」

「그럼 당신은 아무도 부탁하지 않았는데 내 집에서 정기 모임을 열고 있는 건가!」

「나는 부탁을 받았어요. 하지만 단언하는데, 당신에게는 아무도, 절대 부탁하지 않을 거예요. 아는 사람이 없는 곳에 나 가서 도우시죠.」

「이런 맙소사, 그런 투로 말하지 마.」

나는 온화하게 굴려고 노력했고, 침착함을 잃지 않으려고 온 힘을 다해 마음을 다잡았다. 처음 몇 분 동안은 아내와 함께 있다는 사실이 기뻤다. 부드럽고 가정적이고 젊고 여성적이며 극도로 우아한 분위기에 휩싸였다. 내가 지내는 위층과 내 인생 전체에 결핍된 덕목이었다. 아내는 장미색 플란넬로 짠 가운을 걸치고 있었는데, 그런 차림 덕분에 훨씬 더 젊어 보였고, 빠르고 때로는 거친 움직임도 부드러워 보였다. 한때 보기만 해도 정열이 일었던 아름다운 검은 머리카락은 그녀가 오랫동안 고개를 숙이고 앉아 있었던 탓에 틀어 올린 머리에서 풀려 나와 헝클어졌지만, 내 눈에는 더 풍성하고 화려해 보이기만 했다. 하지만 이 모든 면면이 사실은 저속할 정도로 진부한지도 모른다. 내 앞에 서 있는 이 평범한 여자는 어쩌면 아름답지도 우아하지도 않은지 모르지만, 그래도 한동안 함께 살았고, 불행한 성격의 소유자가 아니었다면 지금도 함께 살고 있었을 나의 아내이다. 지상에서 내가 사랑한 유일한 사람. 떠나려는 지금도, 더는 창 너머로 그녀를 볼 수 없음을 아는 이 순간에도 그녀는 거칠고 차가우며 경멸 어린 오만한 웃음으로 반응하고 있지만, 단념하려 해도 단념할 수 없이 매혹적이라서 나는 아내가 자랑스러웠고, 그녀를 떠나기가 무섭고도 불가능하다는 점을 인정해야 했다.

「파벨 안드레이치,」 그녀가 잠시 침묵한 뒤에 말했다. 「2년 동안 우리는 서로 간섭하지 않고 조용히 살았어요. 그런데 왜 갑자기 과거로 돌아가려고 하나요? 어제 당신은 나를 찾아와 모욕을 주고 수치스럽게 했어요.」그녀가 목소리를 높여 계속 말했다. 얼굴이 상기되고 눈에는 증오심이 가득 차 있었다. 「이젠 그러지 말고 자제하시죠, 파벨 안드레이치! 내일 서류를 보내면 여권이 나올 거예요. 내가 떠나죠, 떠나겠어요, 떠날 거예요! 어디 수도원이나 과부들의 집, 아무 보호 시설에라도 들어가겠어요…….」

「정신 병원에나 들어가!」나는 참지 못하고 소리를 질렀다.

「정신 병원이라고 했나요! 그래요, 그게 더 나을 거야! 나을 거라고요!」그녀가 눈에 불을 켜며 계속 큰 소리로 외쳤다. 「오늘 페스트로보에서 본 굶주리고 병든 시골 여자들이 부럽더라고요. 그들은 당신 같은 사람하고 살진 않거든요. 그 사람들은 정직하고 자유롭게 사는데, 나는 당신 덕분에 기생충이 되어 무료함에 찌들어서 죽어 가고 있어요. 당신의 빵을 먹고, 당신의 돈을 축내고, 내 자유와 아무짝에도 쓸모없는 정절을 당신에게 지불하죠. 당신이 내 여권을 안 주기 때문에, 당신의 그 잘난 이름을 그대로 쓰며 여기서 지내야 해요. 잘나긴 무슨, 이름값도 못 하면서.」

더 이상 입을 열어서는 안 되었다. 나는 이를 악물고 재빨리 응접실로 나갔지만, 바로 돌아와서 이렇게 말했다.

「앞으로 내 집을 다른 사람들이 모여 작당하는 장소로 내줄 수 없으니 그렇게 알라고! 내가 아는 사람들만 이 집에 들어올 수 있고, 당신네 패거리가 정 자선 사업을 하겠다면 다른 데를 찾아보라고. 내 집에서 사람들이 당신같이 신경질적인 사람을 잘 써먹었다고 밤마다 기뻐하며 만세를 부르게 놔둘 수는 없어!」

아내는 손을 부들부들 떨며 창백해진 얼굴로 방을 가로질러 구석으로 빠르게 걸어갔다. 그러면서 치통을 앓는 사람처럼 길게 신음했다. 나는 손을 내젓고 응접실로 나왔다. 분노로 숨이 막혔지만 동시에, 화를 참지 못하고 평생 후회할 말이나 행동을 할까 봐 두려워 떨었다. 나 자신을 억제하려고 두 주먹을 꼭 쥐었다.

물을 마시고 마음을 어느 정도 가라앉힌 다음 아내에게 돌아갔다. 그녀는 조금 전처럼 서류가 있는 책상에 내가 접근하지 못하게 막으려는 자세로 서 있었다. 창백하고 차가워 보이는 얼굴에 눈물이 천천히 흘러내리고 있었다. 나는 잠시 침묵했다가 화를 내진 않으면서도 매섭게 말했다.

「정말이지 나를 이해해 주지 못하는군! 당신이 나를 얼마나 부당하게 대하는지나 알아! 맹세컨대 순수한 의도로, 잘해 보려는 마음 하나로 당신에게 왔던 거야!」

「파벨 안드레이치,」 그녀가 가슴에 손을 얹고 말했다. 얼굴에는 어린아이가 놀라 눈물을 흘리며 벌을 주지 말아 달라고 애원하는 것 같은 고통스러운 표정이 떠올랐다. 「당신이 거절할 거라는 사실을 잘 알지만, 그래도 부탁드려요. 당신 인생에서 단 한 번만이라도 좋은 일을 한다고 생각해 주세요. 제발, 여기서 떠나세요! 그게 당신이 굶주리는 사람들에게 해줄 수 있는 유일한 일이에요. 떠나세요, 그러면 모두, 모두 용서해 드리겠어요!」

「공연히 날 모욕하지는 마, 나탈리.」 갑자기 유순한 감정이

밀려들어 크게 숨을 몰아쉬었다. 「이미 떠나기로 마음먹었어. 그런데 기근에 시달리는 사람들에게 뭐라도 해주고 떠날 생각이야. 그건 내 의무이니까.」

「아!」 아내가 조급하게 미간을 찌푸리며 가만히 말했다. 「당신은 멋진 다리를 세우거나 철도를 놓을 수는 있겠지만, 굶주리는 사람들을 위해 할 수 있는 일은 하나도 없어요. 아시겠어요!」

「정말로 그런가? 어제 당신은 나더러 냉정하고 동정심이라곤 전혀 없다고 비난했지. 나를 참 잘도 알더군!」 나는 조용히 웃었다. 「당신은 하느님을 믿지, 그렇다면 내가 밤낮으로 걱정한다는 걸 하느님이 아시고 증인이 되어 주실 거야……」

「당신이 걱정한다는 사실은 알겠어요. 하지만 기근과 당신의 연민은 아무 상관이 없어요. 당신은 굶주리는 농민들이 당신 없이도 잘 헤쳐 나갈까 봐 염려하고, 젬스트보와 구호에 나선 사람들에게 당신의 지도가 필요하지 않을까 봐 걱정하는 거예요.」

나는 흥분하지 않으려고 잠시 침묵했다가 입을 열었다.

「나는 구휼 사업에 관해 이야기하고 싶어서 여기 왔어. 앉을까, 앉아서 이야기하지.」

그녀는 앉지 않았다.

「앉자고, 부탁이야!」 나는 반복해 말하고, 의자를 가리켰다.

그녀가 앉았다. 나도 앉아서, 잠시 생각한 후 말했다.

「지금부터 내가 하는 말을 진지하게 생각해 줬으면 좋겠어, 말하지⋯⋯. 당신은 동포애로 고무되어 기근자 구호 단체 조직을 맡았어. 나는 물론 그 점에 전혀 반대하지 않아. 전적으로 동감하고, 우리 관계가 어떠하든 모든 면에서 당신에게 협조할 준비가 돼 있어. 그런데 당신의 생각과 마음⋯⋯ 그래, 그런 마음을 존중하지만 말이야,」 나는 〈그런 마음〉을 반복해 강조했다. 「구호 단체 조직과 같이 어렵고 복잡하고 책임이 뒤따르는 일을 전적으로 당신 손에 맡기는 상황은 받아들일 수 없어. 당신은 여자이고, 경험도 없고, 현실이 어떤지도 모르고, 사람들을 너무 쉽게 믿고, 지나치게 감상적이야. 당신은 정체도 모르는 후원자들에게 둘러싸여 있어. 이런 상황에서는 당신의 활동이 두 가지 안타까운 결과를 낳을 수밖에 없어. 절대 과장이 아니야. 첫째, 우리 지방은 결코 구제받지 못할 거야. 그리고 둘째, 당신은 당신과 후원자들이 저지른 실수에 대한 대가를 당신 주머니뿐만 아니라 평판으로도 지불하게 될걸. 재정이나 여타 손실은 내가 채운다고 하더라도, 당신의 명예는 누가 회복시켜 줄까? 관리 감독을 제대로 하지 못해서, 당신, 결과적으로는 바로 내가 이 사업으로 20만 루블이나 모았다는 소문이라도 돈다면, 과연 후원자들이 당신을 돕겠다고 나설까?」

그녀는 아무 말도 하지 않았다.

「당신이 말하듯 내 자존심 때문에 이러는 게 아니야.」 나는 말을 이었다. 「기근에 시달리는 사람들이 아무 도움도 못 받은 채로 살아가고, 당신이 명예를 잃는 사태가 일어나면 안 된다고 판단했어. 이것만으로도 당신 일에 개입하는 것이 나의 도덕적인 의무라고 생각해.」

「좀 간략하게 말씀하시죠.」아내가 말했다.

「그러니 이제,」나는 계속 말했다.「지금까지 당신이 조성한 기금과 지출의 내역을 보여 줘. 그런 다음 새롭게 들어올 기부금과 현물, 새롭게 발생할 지출 또한 빼놓지 않고 알려 주는 거야. 나탈리, 후원자 명단도 주고. 그들은 아마도 올바른 사람들이겠지, 의심하지 않아. 그렇다 해도 조사는 반드시 해봐야 해.」

그녀는 침묵했다. 나는 일어나서 방 안을 왔다 갔다 했다.

「그럼, 일을 시작할까.」이렇게 말하고 그녀의 책상에 앉았다.

「진심인가요?」그녀는 이해할 수가 없었기에 놀랍다는 표정으로 나를 바라보며 물었다.

「나탈리, 우리 합리적으로 생각하자니까!」나는 그녀의 얼굴에서 거부하고 싶어 하는 마음을 알아채고 호소하듯 말했다.「부탁이야, 내 경험과 능력을 믿어 줘!」

「여전히 당신이 뭘 원하는지 모르겠어요!」

「당신이 얼마를 모았고 얼마를 썼는지 보여 달라니까.」

「비밀 따위는 없어요. 누구나 볼 수 있죠. 자, 보세요.」

책상 위에 학생용 공책 다섯 권, 뭔가가 적힌 편지지 몇 장, 지역의 지도 한 장, 여러 종류의 서류 뭉치가 놓여 있었다. 벌써 땅거미가 지고 있었다. 나는 촛불을 켰다.

「미안하지만, 보이지 않는걸.」나는 공책들을 뒤적이며 말했다.「기부금 수령 장부는 어디에 있지?」

「기부자 명단에서 볼 수 있어요.」

「그런가, 하지만 액수를 적은 장부가 따로 있어야지!」 나는 그녀의 순진함에 어처구니없어 웃으며 말했다. 「돈과 현물 기부 내역이 쓰인 편지들은 어디 있어? Pardon(미안하지만), 작지만 꼭 필요한 지시를 하나 해야겠어, 나탈리. 이 편지들은 반드시 보관해 둬야 해. 편지마다 번호를 매긴 다음, 별도의 장부에 기록해야 하지. 좋아, 이건 내가 직접 하지.」

「그렇게 하세요, 하시라고요…….」 그녀가 말했다.

나 자신이 대견했다. 생생하고 흥미로운 사업, 작은 책상, 이런저런 항목이 미숙하게 적힌 공책들, 그리고 아내 일에 관여한다는 매력에 빠져든 나는 아내가 갑자기 나를 가로막고 뜻밖의 행동을 할까 봐 걱정이 되어, 그녀가 입술을 부들부들 떨고 덫에 걸린 맹수 새끼처럼 놀라 당황스러워하며 옆에서 노려보고 있다는 사실을 애써 무시하면서 서둘렀다.

「나탈리, 그런데 말이야,」 나는 그녀를 보지 않고 말했다. 「이 서류와 공책 들을 모두 위층 서재로 가져가야겠어. 거기서 천천히 검토해 파악한 다음 내일 당신에게 의견을 말해 주지. 다른 서류는 더 없나?」 공책과 낱장 종이 들을 큰 봉투에 넣으면서 물었다.

「가져가요, 다 가져가!」 아내가 서류들을 다른 봉투에도 집어넣으며 말했다. 그녀의 뺨 위로 굵은 눈물방울이 흘러내렸다. 「다 가져가! 내 인생에 남은 거라곤 이게 전부인데……. 마지막 것까지 다 뺏어 가라고요.」

「아, 나탈리, 나탈리!」 나는 나무라듯 한숨을 내쉬었다.

그녀는 팔꿈치로 내 가슴을 밀치고 머리카락이 내 얼굴에 닿을 정도로 난폭하게 움직여 책상 서랍을 열고는 서류들을 꺼내 책상 위로 마구 내던지기 시작했다. 소액권 지폐들이 내 무릎과 바닥에 떨어져 흩어졌다.

「전부 가져가요……」그녀가 쉰 목소리로 말했다.

그녀는 서류를 다 내던지고는 나에게서 떨어져 소파에 몸을 던지고 두 손으로 머리를 감싸 쥐었다. 나는 돈을 주워서 다시 서랍에 넣고, 하녀가 죄의 유혹에 빠지지 않도록 잠가 두었다. 그런 다음 서류를 전부 모아 들고 위층으로 향했다. 아내 옆을 지나다가 걸음을 멈추고 들썩이는 어깨와 등을 보면서 말했다.

「나탈리, 정말 어린애 같군! 이게 다 무슨 짓이야! 들어 봐, 나탈리. 이게 얼마나 심각하고 큰 책임이 따르는 일인지를 알고 나면 그땐 가장 먼저 나한테 고마워할걸. 맹세하지.」

서재로 돌아와 차근차근 서류를 정리하기 시작했다. 공책은 묶여 있지 않았고, 면수도 매겨져 있지 않았다. 메모의 필체도 다 달랐는데, 아무나 맘대로 공책에 손을 댄 모양이었다. 현물 기부 목록에는 물품 가격이 적혀 있지 않았다. 하긴, 지금 1루블 15코페이카 하는 호밀이 두 달 뒤에는 2루블 15코페이카로 오를지도 모르는 일이긴 하다. 그래서 이렇게 놔두었나? 그런데 〈A. M. 소볼에게 32루블 지출〉이라니, 대체 언제 그랬다는 거지? 지출의 용도도 적혀 있지 않잖아? 영수증은 어디에 있나? 아무것도 없어서 전혀 이해할 수 없었다. 법적 절차라도 밟게 되면 이 서류들 때문에 사건 파악이 더 어려워지기만 할 것이다.

〈너무나 순진하군!〉 나는 몹시 놀랐다. 〈아직 어린애잖아!〉
짜증스러우면서도 웃음이 났다.

5

아내가 이미 8천 루블을 모았으니 내가 5천 루블을 기부하면 1만 3천 루블이 된다. 시작치고 아주 좋았다. 그렇게 걱정하며 관심을 기울이던 사업이 마침내 손에 들어왔다. 다른 사람들이 하려 들지 않고 할 수도 없는 일을 내가 하고 있다. 요긴한 구호 기금을 합법적으로 조성해서 나의 임무를 다해야 한다.

모든 일이 의도와 희망대로 진행되는 것 같았다. 그런데 왜 불편한 감정이 사라지지 않을까? 네 시간 동안 아내의 서류들을 검토하면서 필요한 설명을 써넣고 실수를 바로잡았지만, 마음이 안정되기는커녕 낯선 존재가 뒤에 서서 꺼칠꺼칠한 손바닥으로 등을 만지는 기분이 들었다. 뭐가 부족한 거지? 구호 단체 조직은 믿을 만한 사람 손에 들어왔고, 굶주리는 이들은 배를 채울 수 있을 텐데, 대체 뭐가 더 필요하단 말인가?

네 시간 동안 그리 어렵지 않은 일을 했는데도 왜인지 기진맥진해서 책상에 몸을 숙이고 앉아 있을 수도 글씨를 쓸

힘도 없었다. 아래층에서 이따금 흐느끼는 소리가 희미하게 들려왔다. 아내가 울고 있다. 활력이 없고, 착실한 척이나 하지만, 그래도 늘 순종적인 하인 알렉세이가 촛불을 살피러 책상 쪽으로 들락거리며 좀 이상하다는 듯이 힐끔거렸다.

「그래, 떠나야겠어!」 에너지가 완전히 고갈된 채로 마침내 결심했다. 「이런 이상한 느낌에서 최대한 멀리 벗어나야겠어. 내일 당장 떠나야지.」

나는 서류와 공책 들을 들고 아내가 있는 아래층으로 향했다. 극도로 피로해져 녹초가 된 채 양팔로 서류와 공책 들을 가슴에 끌어안고 침대 옆을 지나가면서 여행 가방을 내려다 봤다. 마룻바닥을 통해 아래층에서 흐느끼는 소리가 들려왔다⋯⋯.

〈네가 무슨 문벌가의 귀공자냐?〉 누군가가 귀에 대고 물었다. 〈그래, 반갑군. 하지만 넌 파충류같이 비열한 놈이야.〉

「다 헛소리야, 헛소리, 헛소리라고⋯⋯.」 계단을 내려가면서 나는 중얼거렸다. 「헛소리⋯⋯. 내가 자존심이나 허영심에 사로잡혀 있다니, 다 헛소리야⋯⋯. 터무니없어! 굶주리는 사람들을 도와줬다고 무슨 별이라도 달아 줄 것도 아니잖아? 아니, 누가 기관장이라도 시켜 주나? 헛소리, 헛소리라고! 이런 시골 구석에서 대체 누구한테 과시한다고 그러는 거야?」

나는 지쳤다. 끔찍하게 지쳤다. 귀에 대고 속삭이는 소리가 또 울렸다. 〈그래, 반갑군. 하지만 넌 파충류같이 비열한 놈이야.〉 무슨 까닭인지 어린 시절에 배웠던 옛날 시 한 구절이 떠올랐다. 〈선하면 얼마나 즐거운가!〉

아내는 아까처럼 소파에 얼굴을 묻고 머리를 두 손으로 감싸 쥔 자세로 엎드려 있었다. 그렇게 울고 있었다. 하녀가 놀라 당황한 모습으로 옆에 서 있었다. 하녀를 내보내고, 책상에 서류를 놓고, 잠시 생각한 뒤 말했다.

「당신 서류 여기 있어, 나탈리. 전부 깔끔하게 정리했어. 이젠 됐어. 나는 내일 떠나지.」

그녀는 계속 울기만 했다. 응접실로 나와 어둠 속에 앉았다. 아내의 흐느낌과 탄식이 나를 책망하고 있었다. 내가 한 일을 변명해 보려다가, 아내를 회의에 초대해야겠다는 불행한 생각이 머리에 떠오른 일에서 시작해 공책들과 눈물로 끝난 우리의 다툼이 전부 떠올랐다. 사실 결혼 이후 수없이 벌어진, 우리 부부가 서로 증오심을 품고 부딪쳤을 때 흔히 보였던 추하고 의미 없는 광경이었다. 그런데 여기에 굶주리는 자들이 무슨 상관이 있단 말인가? 대체 어떻게 그들이 서로 감정이 좋지 않은 우리 사이에 끼어들었나? 이건 마치 우리가 서로를 쫓다가 우연히 제단이 있는 정결한 장소에 들어가 놓고는 거기서 주먹을 치켜든 꼴과 비슷했다.

「나탈리,」 나는 응접실에서 조용히 말했다. 「이제 그만해. 그만!」

눈물을 멈추게 하고 이 고통스러운 상황을 끝내려면 아내에게 다가가 어루만지거나 사과하면서 위로해야 했다. 그런데 어떻게 해야 그녀가 나를 믿어 줄까? 도대체 어떻게 해야, 자유를 잃었다고 생각하며 나를 증오하는 이 야생의 새끼 오리에게 당신은 내게 소중하며 당신이 힘들어하는 것을 내가 안타까워한다는 사실을 납득시킬 수 있을까? 아내를 전혀 알지 못했기 때문에 아내에게 어떻게 말을 걸어야 할지, 무슨 이야기를 해야 할지 몰랐다. 그녀의 외모는 잘 알고 높이 사지만, 영적이고 정신적인 세계, 마음, 인생관, 빈번한 감정의 변화, 증오로 가득 찬 눈, 경멸, 때로 나를 놀라게 하는 박식함, 또는 예를 들어 전날 본 수도사 같은 표정, 이런 모든 것이 낯설고 이해하기 어려웠다. 아내와 충돌할 때마다 나는 그녀가 어떤 사람인지 규정하려고 노력했다. 내가 지닌 심리학 지식으로는 그저 무분별하고 경솔하고 성질이 고약하고 여자의 논리에만 충실한 사람이라는 결론에 이르렀을 뿐 더이상 나아가지 못했다. 이 정도 판단이면 충분하다고 여겨왔다. 그런데 지금, 울고 있는 그녀를 더 알고 싶다는 열망이 생겨났다.

울음소리가 그쳤다. 나는 아내에게 갔다. 그녀는 소파에 앉아 두 손으로 턱을 괴고 생각에 잠겨 미동도 없이 등불을 바라보고 있었다.

「내일 아침 떠나겠어.」 내가 말했다.

그녀는 아무 말도 하지 않았다. 나는 방을 가로질러 걸으며 한숨을 내쉬고는 말했다.

「나탈리, 나더러 떠나라고 하고, 그러면 모두, 모두 용서하겠다고 했잖아……. 어쨌든 당신은 내가 잘못했다고 생각하는 거지. 당신한테 무엇을 잘못했는지 냉정하고 간단명료하게 말해 주지 않겠어?」

「지쳤어요. 나중에 이야기해요…….」 아내가 말했다.

「내가 뭘 잘못했다는 거야?」 나는 계속했다. 「대체 내가 뭘 어쨌다고 그러는 거냐고? 물론 그래, 당신은 젊고 아름다울 뿐 아니라 생기 넘치는 인생을 원해. 그런데 나는 당신보다 거의 두 배나 나이가 많으니 당신이 싫어하지. 그게 내 잘못인가? 당신에게 결혼을 강요하지 않았어. 그래, 좋아. 자유롭게 살고 싶다면 마음대로 해, 떠나라고. 어디로든 가서 원하는 사람을 사랑하라고……. 이혼해 줄 테니.」

「내가 원하는 것은 그게 아니잖아요.」 그녀가 말했다. 「당신을 사랑했고 또 당신 나이는 신경도 쓰지 않아요, 알잖아요. 말도 안 되는 소리 하지 말아요……. 당신이 더 나이가 많고 나는 더 젊다는 게 문제가 아니에요. 나보고 자유롭게 살며 다른 사람을 사랑하라니, 그런 말이 어디 있어요. 당신은 까다롭고 이기적인 데다 이유 없이 타인을 혐오해요. 이게 원인이라는 걸 정말 모르나요.」

「모르겠어, 그럴 수도 있겠지.」 나도 모르게 말이 흘러나왔다.

「떠나세요, 제발. 날이 새도록 이러고 싶은가 본데, 이미 말했듯이 나는 너무 지쳐서 대꾸할 힘도 없어요. 떠나겠다고 했나요, 정말 고마워요. 이 이상 바라는 일은 없어요.」

아내는 내가 나가 주기를 바랐지만 그렇게 하기란 쉬운 일이 아니었다. 나는 마음이 약해져서, 따뜻한 구석이라곤 없고 넓기만 한 위층 방들이 지겹고 두려웠다. 어린 시절 아플 때면 어머니나 유모의 품에 파고들어 따뜻한 옷 주름 사이에 얼굴을 묻었다. 그러면 병을 피해 숨는 느낌이 들었다. 지금도 그때처럼, 왜인지 아내가 곁에 있는 이 작은 방에 있으면 불편함을 피해 숨을 수 있을 것만 같았다. 앉아서 눈으로 들어오는 불빛을 손으로 막았다. 고요했다.

「당신을 어떻게 비난하겠어요?」아내는 긴 침묵 끝에 눈물이 어려 반짝이는 빨개진 눈으로 나를 쳐다보며 말했다.「당신은 대단한 가문에서 훌륭한 교육을 받으며 자랐고, 무척 정직하고 정의로우며, 확실한 원칙을 지닌 사람 아닌가요. 하지만 바로 그렇기에 당신이 어딜 가든, 당신이 있으면 사람들은 숨이 막히고 부담스럽고 멸시받는 몹시 굴욕적인 기분이 들지요. 당신은 자신이 고결하다고 생각하니까 온 세상을 미워해요. 신앙이 있는 사람은 그 믿음이 무지와 미숙함의 표현이라며 미워하고, 신앙이 없는 사람은 믿음과 이상이 없다며 미워하지요. 노인은 보수적이고 시대에 뒤떨어졌다고 싫어하고, 젊은이는 자유분방하다고 싫어하죠. 농민과 국가의 이익은 소중하게 여기면서도, 개인적으로 농부를 만나면 혹시 도둑이나 강도가 아닐까 의심하면서 미워해요. 스스로 옳고 항상 원칙의 토대 위에 서 있다고 여기기에 소작농이나 이웃을 끊임없이 심판하려 들지요. 호밀 스무 자루를 도둑맞았을 때도, 질서를 사랑하기 때문이라면서 도지사와 여러 관청에 농부들을 고발하다 못해 페테르부르크에까지 고발했어요. 원칙의 토대라니!」아내는 웃음을 터뜨리며 계속 말했다.「그렇게 대단한 규범과 도덕을 내세우며 당신은 내게 여권도 주지 않고 있어요. 자존심 있는 젊고 건강한 여자가 무료와 갈망과 끊임없는 불안에 휩싸여 살아가면서, 대신 사랑하지도 않는 사람한테 식사와 집을 제공받으라는 도덕과 법규라도 있나 보군요. 당신은 규범을 속속들이 아는 데다 대단히 정직하고 정의로워서 결혼과 가정의 기반을 존중한다지만, 실상은 일평생 선한 일을 한 적이 없고, 모두가 당신을 싫어하고, 누구를 만나든 충돌하고, 또 결혼한 7년 동안 아내와 겨우 일곱 달을 같이 지냈을 뿐이에요. 당신에게는 아내가 없고, 내게는 남편이 없죠. 당신 같은 사람과 함께 살기란 불가능해요, 아예 방법이 없지요. 처음 몇 해 동안은 당신이 무서웠지만, 지금은 창피해요……. 그렇게 좋은 시절을 낭비했죠. 당신과 다투면서 성격이 망가져 날카롭고, 거칠고, 잘 놀라고, 의심이 많아져 버렸네요……. 아, 이런 말이 무슨 소용 있겠어요! 이해라도 해주고 싶은 건가요? 위층으로 돌아가 편히 사세요.」

아내는 소파에 누워 생각에 잠겼다.

「사람들이 부러워하는 아름다운 인생을 살고 싶었는데!」 그녀가 생각에 잠긴 눈으로 등불을 바라보며 조용히 말했다. 「어떤 인생이었을까! 이제는 되돌릴 수 없겠지.」

한겨울 시골에 살아 봐서 개조차 너무 지루한 나머지 짖지 않고 시계도 제가 재깍재깍하는 소리에 지쳐 가는 길고 지루하고 고요한 저녁을 알며, 그런 저녁이면 갑자기 양심이 깨어나 평정을 잃고 하염없이 서성대면서 자기 양심의 소리를 외면해 보려다가 결국 듣게 된 사람이라면, 나를 나쁜 사람이라고 말하는, 이 작고 아늑한 방에 울려 퍼진 아내의 목소리가 내게 선사한 쾌감과 해방감을 이해할 수 있을 것이다.

나는 내 양심이 무엇을 원하는지 알 수 없었지만, 아내는 여자의 방식으로 번역해서 내 불안의 의미를 풀이해 주었다. 이전부터 자주 극도로 불편한 순간이 찾아왔던 이유는 기근에 시달리는 사람들 때문이 아니라 나라는 사람 자체 때문이었다는 비밀을 결국 알게 되었다.

아내가 힘겹게 일어나 나에게 다가왔다.

「파벨 안드레이치,」 그녀가 슬픈 미소를 지으며 말했다. 「미안하지만, 당신이 떠나겠다는 말을 믿지 않아요. 그렇지만 부탁이 있어요. 이것을,」 그녀는 자기 서류를 가리켰다. 「자기기만이라든지 여자의 논리라든지 실수투성이라든지 당신 마음대로 불러도 좋아요. 하지만 나를 방해하지는 마세요. 내 인생에 남은 거라곤 이것이 전부니까.」 그녀는 몸을 돌리고 잠시 침묵했다. 「이전에는 내 일이 하나도 없었죠. 당신과 싸우느라 젊은 시절을 헛되이 보냈어요. 이제야 이 일을 붙잡고 다시 살아난 것 같아요, 행복해요……. 이 일에서 내 인생을 정당화할 방법을 찾아낸 것 같아요.」

「나탈리, 당신은 좋은 여자야, 이상이 있는 사람이지.」 아내를 황홀하게 바라보며 말했다. 「당신이 하는 일, 하는 말, 전부 아름답고 현명해.」

나는 마음의 동요를 감추려고 방 안을 돌아다녔다.

「나탈리,」 잠시 뒤 말을 이었다. 「떠나기 전에 당신에게 부탁할게. 굶주리는 사람들을 위해 내가 뭔가를 할 수 있도록 꼭 도와주면 좋겠어!」

「내가 뭘 할 수 있겠어요?」 아내가 어깨를 으쓱하며 말했다. 「기부 신청자 명단에 이름을 올려 주면 될까요?」

그녀는 서류를 뒤져 기부 신청자 명단을 찾아냈다.

「그러면 돈을 기부하세요.」 그녀가 말했다. 말투로 보아 하니 기부 신청자 명단에 큰 의미를 두지 않는다는 사실을 알수 있었다. 「당신이 이 사업에 참여할 다른 방법은 없어요.」

나는 명단을 받아 써넣었다. 〈익명 기부, 5천 루블.〉

이 〈익명 기부〉라는 말에는 뭔가 좋지 못한, 거짓과 오만이 담겨 있었는데 아내가 온통 얼굴을 붉히며 황급히 서류 더미 속에 명단을 끼워 넣는 것을 보고서야 나는 그 사실을 알아차렸다. 우리는 둘 다 부끄러움을 느꼈다. 어떻게 해서라도 당장 이 난처한 기분을 해소하고 싶었다. 안 그랬다간 나중에 기차간에 앉아 있다가, 혹은 페테르부르크에서 지내다가 불쑥 이 일이 떠올라 부끄러워질 것이다. 그런데 어떻게 해소하지? 무슨 말을 해야 하나?

「당신의 사업을 축복해, 나탈리.」 진심으로 말했다. 「모두 성공하기를 바라. 떠나는 마당에 조언 하나 해도 괜찮을까. 나탈리, 소볼이나 다른 후원자들을 좀 조심할 필요가 있어, 너무 믿지 않는 게 좋아. 그런 사람들이 정직하지 않다는 말이 아니라, 그래도 귀족 가문 출신은 아니잖아. 개념이 없고, 이상도 믿음도 인생의 목적도 확실한 원칙도 없는 사람들이지. 인생의 모든 의미를 돈에 둔다고. 돈, 돈, 돈 하면서 말이야!」 숨을 몰아쉬고 계속 말했다. 「그들은 공짜로 쉽게 얻는 걸 좋아하지. 그런 사람들은 교육 수준이 높을수록 더 위험해.」

아내가 소파로 가서 다시 누웠다.

「개념, 개념.」 그녀가 대꾸도 하고 싶지 않다는 듯 힘없이 웅얼거렸다. 「개념, 이상, 인생의 목적, 원칙이 있다느니 없다느니……. 당신은 늘 사람을 비하하고 모욕하거나 상대를 불쾌하게 하고 싶을 때 이런 말들을 쓰지요. 그래요, 당신은 그런 사람이니까! 사람을 그렇게 보고 대하는 당신이 사업에 참여하려 드는데 그냥 두면 초장부터 다 망치고 말 거예요. 이제는 알 때도 되지 않았나요.」

그녀가 한숨을 내쉬고 잠시 침묵했다.

「파벨 안드레이치, 성정이 미개한 거예요.」 그녀가 말했다. 「당신은 대단한 가문에서 태어나 공부도 많이 했지만, 내면에는 근본적으로 아직…… 스키타이[10] 같은 데가 있나 봐요! 그건 당신이 아무하고도 어울리지 않고, 혐오나 하는 폐쇄된 삶을 살고, 책을 읽어도 공학 서적만 읽기 때문이에요. 그러나 이 세상에는 좋은 사람도, 좋은 책도 얼마나 많은데요! 정말, 그래요……. 너무 지쳐서 더 말하기도 힘드네. 자야겠어요.」

「나는 떠날 거야, 나탈리.」 내가 말했다.

「네, 네……. Merci(고마워요)…….」

잠시 서 있다가 위층으로 올라갔다. 한 시간쯤 지나, 새벽

---

10 스키타이는 기원전 8세기부터 기원전 3세기까지 흑해 동북부 초원 지대에 살았던 유목민이다. 이들은 사르마트인에게 정복당했다가 훗날 슬라브족에 동화되었다. 러시아에서 스키타이는 야만인, 미개인이라는 뜻으로도 쓰인다. 한편 러시아인에게 미개인의 피가 흐른다고 말할 때 스키타이를 언급하기도 한다.

1시 30분에 촛불을 들고 다시 아래층으로 내려갔다. 아내에게 말을 하고 싶었다. 정확히 무슨 말을 해야 할지 몰랐지만, 그래도 꼭 필요한 말을 해야 할 것 같은 기분이 들었다. 서재에는 그녀가 없었다. 침실로 들어가는 문은 닫혀 있었다.

「나탈리, 잠들었어?」 작은 소리로 물었다.

대답이 없었다. 문 옆에 서 있다가 한숨을 내쉬고 응접실로 들어갔다. 촛불을 끄고 동이 틀 때까지 어둠 속에 앉아 있었다.

6

오전 10시에 역으로 출발했다. 춥지는 않았지만 습기를 머금은 함박눈이 펑펑 내리고 기분 나쁜 눅눅한 바람이 불었다.

연못과 어린 자작나무들을 지나 평소에 창문으로 봤던 길을 따라 언덕을 올라가기 시작했다. 마지막으로 내 집을 보려고 몸을 돌렸지만 눈 때문에 아무것도 보이지 않았다. 좀 지나서 안개 속에 잠긴 듯한 음울한 오두막들이 나타났다. 여기가 페스트로보다.

〈내가 미친다면 그건 페스트로보 때문이다.〉 나는 생각했다. 〈끈질기게도 따라다니는군.〉

촌락의 거리로 들어섰다. 오두막 지붕들은 온전했고, 짚을 벗겨 낸 흔적도 없었다. 영지 관리인이 거짓말을 했나 보다. 한 남자아이가 어린 여자아이와 아기를 썰매에 태워 끌고 다녔고, 세 살쯤 되어 보이는 다른 남자아이는 농촌 아낙네처럼 머리에 수건을 두르고 커다란 손모아장갑을 낀 채 혀로 눈송이를 잡으려다가 웃음을 터뜨렸다. 나뭇단을 실은 짐마차가 앞에서 다가왔다. 마차 옆에서 걷는 농부의 수염이 원래 흰 것인지 눈에 덮여 그렇게 보이는지 분간할 수 없었다. 농부가 내 마부를 알아보고 미소를 지으며 뭐라 말하고, 나에게는 기계적으로 모자를 들어 인사했다. 개들이 마당에서 뛰어나와 호기심에 찬 눈빛으로 내 마차의 말들을 쳐다봤다. 모든 것이 평상시와 같이 조용했고 평범했다. 사람들이 이주하려고 떠났다 돌아왔고 식량도 없이 오두막 안에서 〈너털거리며 웃어대는 자도 있고 미쳐 날뛰는 자도 있다〉고 했는데, 그런 일이 실제로 일어났으리라고 믿기 어려울 정도로 모든 것이 평범해 보였다. 멍하니 넋을 잃은 얼굴도 도와 달라고 간청하는 목소리도 없었고, 통곡하는 자도 욕설하는 자도 없었다. 주위는 어수선하지 않고 고요했고, 아이들, 썰매, 꼬리를 치켜든 개들이 보였다. 우연히 마주친 아이들이나 농부들은 아무 걱정 없어 보였는데, 나는 왜 그렇게 걱정했던 것일까?

미소 짓는 농부와 커다란 손모아장갑을 낀 아이, 그리고 오두막들을 보다가 지금 어떠한 재해도 이 사람들을 위협하고 있지 않음을 깨닫고 아내를 떠올렸다. 승리의 바람이 불어오는 느낌이 들기까지 했다. 의기양양해진 나는 그들과 함께 있다고 당장이라도 외치고 싶었다. 그러나 마차는 이미 촌락을 벗어나 들판으로 접어들었다. 굵은 눈발이 날렸고, 바람이 윙윙댔고, 인적이라곤 없이 나 홀로 남겨져 생각에 잠겨 있을 뿐이었다. 농민들을 위해 일하는 수백만 명의 사람 중에 나만 쓸모없고 무능하며 나쁜 인생을 사는 자라고 낙인찍혀 내동댕이쳐졌다. 나 자신이 장애물이었고 재해의 일부였다. 패배하고 쫓겨난 나는 페테르부르크 볼샤야모르스카야[11]의 한 호텔로 달아나려고 서둘러 역으로 가고 있었다.

한 시간 뒤 역에 도착했다. 마부와 가슴에 번호표를 단 짐 꾼이 트렁크를 역구내로 옮겼다. 겨울용 펠트 부츠를 신고 상의를 벨트 안에 밀어 넣은 마부 니카노르는 눈을 맞아 온 통 젖었으면서도 내가 떠난다는 사실이 즐거워 친절하게 미 소 지으며 말했다.

「좋은 여행 되세요, 나리. 하느님께서 돌봐 주시길.」

그러고 보니 나는 문벌가 출신 귀족이긴 해도 겨우 6등 문 관인데 모든 사람이 나리라고 부른다. 짐꾼은 이전 역을 출 발한 열차가 도착하려면 아직 시간이 남았다고 알려 주었다. 기다려야 한다. 밖으로 나갔다. 간밤에 한숨도 못 자 머리가 무겁고 걸음을 옮기기 힘들 정도로 지쳤지만, 아무 생각 없 이 급수탑 쪽으로 걸어갔다. 주위에는 아무도 없었다.

〈왜 떠나려는 거지?〉 나 자신에게 물었다. 〈그곳에서는 무 엇이 나를 기다리고 있을까? 예전에 내가 떠나온 지인들, 외 로움, 레스토랑, 소음, 눈을 아프게 하는 전깃불…… 어디로 가며, 왜 떠나나? 왜 떠나는 거지?〉

아내와 더 이야기하지 못하고 떠나온 것이 왠지 서운했다. 그녀를 모호한 상태에 방치한 기분이 들었다. 떠나면서 당신 이 옳았고 내가 정말 나쁜 사람이라고 말했어야 했다.

급수탑에서 돌아오는데 기차역 입구에 서 있는 역장이 보 였다. 예전에 그를 관계 당국에 고발한 적이 두 번 있었다. 그 는 눈보라 때문에 몸을 움츠리고 코트 깃을 세운 채로 다가

11 페테르부르크 시내의 거리 이름. 지금도 같은 이름으로 불린다.

와 두 손가락을 모자챙에 대고 당황한 표정으로 부자연스레 인사하며, 얼굴에는 증오의 빛이 또렷한데, 기차가 20분 연착하니 따뜻한 데서 기다리라고 말했다.

「고맙소.」 내가 대답했다. 「그냥 여기에 있겠소. 마부에게 기다려 달라는 말을 전해 주면 좋겠군요. 아직 마음을 정하지 못했으니.」

플랫폼을 이리저리 걸으며, 떠나야 하나 말아야 하나 생각했다. 마침내 열차가 들어왔을 때 떠나지 않기로 결정했다. 집에서는 아내의 의혹, 그리고 아마도 조소가 기다릴 테고 어쩔 수 없이 쓸쓸한 위층에서 불편한 마음으로 지내야 할 것이다. 하지만 내 나이에 열차를 타고 이틀 밤낮을 낯선 사람들 틈에 끼어 페테르부르크로 가는 일보다는 그쪽이 더 쉽고 편할 터다. 페테르부르크에 가면 내 인생이 누구에게도 무엇에도 필요치 않을뿐더러 끝이 가까워졌다는 사실을 매 순간 의식하게 될 것이다. 그렇다, 거기서 지내느니 집에 있는 편이 낫다…… 역에서 나왔다. 모두들 내가 떠나는 걸 반겼는데 한낮에 집으로 돌아가자니 영 어색했다. 저녁까지 남는 시간을 근처 아는 사람의 집에서 보내야 할 텐데, 누구네서 보낸단 말인가? 서로 불편한 사람들 아니면 전혀 모르는 사람들뿐이다. 고민하다가 이반 이바니치를 떠올렸다.

「브라긴네로 가지!」 썰매 마차에 타면서 마부에게 말했다.

「그렇게 멀리요?」 니카노르가 한숨을 내쉬었다. 「28베르스타,[12] 아니 30베르스타는 족히 될 텐데요.」

12 러시아의 거리 단위. 1베르스타는 약 1킬로미터이다.

「이보게, 제발 부탁하네.」 니카노르에게 거절할 권리가 있다는 듯이 말했다. 「제발, 가자고!」

니카노르는 의심스러운 듯이 고개를 저으며, 그럴 거면 마차에 체르케스가 아니라 다른 말, 무지크나 치지크를 매고 왔어야 하는데 하고 낮은 소리로 투덜댔다. 그는 내가 마음을 바꾸기를 기다리는지 머뭇거리며 손모아장갑을 낀 손으로 고삐를 잡고 반쯤 일어나 잠시 생각하더니 채찍을 들었다.

〈일관성 없는 행동만 계속하고 있으니…….〉 앞이 보이지 않을 정도로 눈보라가 몰아쳤다. 〈미쳤지, 하지만 이제 어쩌겠어…….〉

아주 길고 가파른 내리막길을 만나자 니카노르는 중턱까지 말들을 조심스럽게 몰았다. 그런데 중턱부터 말들이 갑자기 무서운 속도로 쏜살같이 아래로 내달렸다. 마부가 팔꿈치를 들고 한 번도 들어 본 적 없는 거칠고 미친 듯한 목소리로 고함을 질렀다.

「달려, 대장님을 태웠으니 달려 보자고! 이놈들아, 너희들이 헐떡이면 새로운 놈을 사실 거야! 이런, 잘 보고 달려, 숨통 끊어지겠다!」

엄청난 속도로 내달려 숨을 쉬기 힘들 정도가 되어서야 그가 몹시 취했음을 알아챘다. 역에서 술을 마신 게 틀림없었다. 협곡 바닥에서 얼음 깨지는 소리가 났고, 길에서 튀어 오른 단단한 얼음 조각이 얼굴을 아프게 때렸다. 질주하는 말들이 탄력을 받아 오르막길도 내리막길을 내려갈 때처럼 빠르게 달려 올라갔다. 니카노르에게 소리 지를 틈도 없었다.

세 마리 말이 끄는 썰매 마차가 이제 오래된 전나무 숲속 평지를 달렸다. 사방에서 키 큰 전나무의 하얗고 까칠까칠한 가지가 여기저기를 찔러 댔다.

〈나는 미쳤고, 마부는 술에 취했어……〉 나는 생각했다. 〈그래, 좋아!〉

이반 이바니치는 집에 있었다. 그는 웃느라 기침까지 했고 내 가슴에 머리를 기대고는 만나면 항상 하는 말을 했다.

「자네는 점점 더 젊어지는걸. 머리와 턱수염에 무슨 염색약을 쓰는지 궁금하군, 나한테도 좀 나눠 주지 그러나.」

「이반 이바니치, 아저씨를 뵈려고 왔습니다.」 거짓말을 했다. 「섭섭하게 생각하지 마세요, 저는 도회지 출신이라 부끄럽게도 자주 찾아뵙지 못했네요.」

「이보게, 반가워. 난 이제 늙어 정신이 흐릿하지, 이렇게 찾아 주다니 고맙네…… 아무렴.」

목소리와 환한 웃음으로 보아 무슨 대우라도 받은 듯 나의 방문을 무척 좋아한다는 사실을 알 수 있었다. 현관에서 털외투를 벗는데 농촌 여자 둘이서 도와주었고, 붉은색 루바시카를 입은 남자가 옷걸이에 걸어 주었다. 이반 이바니치와 함께 작은 서재에 들어가니 어린 여자아이 둘이서 맨발로 바닥에 앉아 주간지 『일러스트레이션』[13]의 표지를 보고 있다가 우리를 발견하자 얼른 일어나 도망쳤다. 그때 안경을 썼으며 키가 크고 마른 노부인이 들어와 단정하게 고개 숙여 인사하고는 소파에서 베개를 집어 들고 바닥에서 『일러스트레이

13 *Illjustraciju*. 페테르부르크에서 1853년부터 간행된 주간지.

션』을 챙겨 나갔다. 옆방에서 알아들을 수 없는 말소리와 맨발로 뛰어다니는 소리가 끊임없이 들려왔다.

「함께 식사하려고 의사 선생을 기다리던 참이네.」이반 이바니치가 말했다. 「보건소에서 들르겠다고 약속했거든. 그 사람은 매주 수요일 우리 집에서 식사하지, 하느님의 은총이 의사 선생에게 내리기를.」그가 다가와 뺨에 입을 맞췄다. 「이렇게 와주다니, 이보게, 화는 내지 말게.」그가 코를 훌쩍이며 속삭였다. 「화는 내지 말게. 그래, 혹시 기분 나빠져도 화를 내면 안 되네. 죽기 전 하느님께 비는 유일한 소망은, 모든 사람이 평화롭고 사이좋게 사는 거야. 진실로 말일세.」

「실례할게요, 아저씨, 의자에 발 좀 올려놔야겠어요.」너무 지쳐서 몸을 가누기 힘들었다. 소파에 더 깊숙이 몸을 파묻고 팔걸이의자 위로 발을 뻗었다. 눈보라에 얼굴이 빨갛게 언 상태에서 온기가 스며들며 온몸이 녹는 느낌이 들었다. 「참 좋네요.」나는 계속 말했다. 「따뜻하고, 포근하고, 아늑하고…… . 깃펜이 있군요.」나는 책상을 보며 웃었다. 「사판도 있고…… .」

「어? 그래, 그렇군…… . 책상하고 여기 이 붉은빛 도는 나무 책장은 주코프 장군[14]의 농노로, 가르쳐 주는 이도 없는데 혼자서 목공을 익힌 소목장 글레프 부티가가 만들어 선친에게 준 거야. 그래…… 이 분야에서 위대한 예술가였지.」

나른하고 졸린 듯한 어조로 그는 소목장 부티가 이야기를

14 Daniil Efimovich Zhukov(1823~1892). 러시아-튀르크 전쟁을 승리로 이끈 러시아의 장군.

해주었다. 나는 듣기만 했다. 그런 다음 이반 이바니치는 옆방으로 가서 저렴하면서도 아름답기로 유명한, 자단나무로 만든 서랍장을 보여 주었다. 그는 서랍장을 손가락으로 두드리고는 이어서 지금까지 어디서도 본 적 없는 무늬가 그려진 타일을 붙인 난로로 나의 관심을 끌었다. 그는 난로도 손가락으로 두드려 보았다. 서랍장, 타일 붙인 난로, 팔걸이의자, 캔버스에 양모와 견사로 수놓은 견고하고 꾸밈없는 액자에 담긴 그림 들에서 온화하고 풍요로운 기운이 느껴졌다. 어렸을 때 명명일[15]에 어머니와 함께 와서 이 물건들이 바로 이 자리에, 이 모습으로 자리 잡고 있던 광경을 본 기억이 떠올랐다. 이 물건들이 언젠가 사라진다는 것은 결코 믿을 수 없는 일이다.

나는 생각했다. 부티가와 나 사이에는 얼마나 무서운 차이가 있는가! 무엇보다 부티가는 견고하고 근본적인 물건을 만들었고 자기 일에서 무엇이 중요한지를 알았다. 그는 인류의 영속성에 특별한 의미를 부여하고, 죽음은 생각하지 않았으며, 아마도 죽음의 가능성마저 믿지 않았을 것이다. 나는 수천 년을 버티고 존재해야 할, 철과 돌로 된 다리를 만들면서 〈이게 오래가기나 할까…… 그럴 필요가 있을까〉라는 생각을 떠올리지 않은 적이 없었다. 훗날 어느 안목 있는 예술사 학자가 부티가의 책장과 나의 다리를 본다면 이렇게 말할 것이

15 命名日. 이름을 받은 날이라는 뜻. 러시아인들은 러시아 정교회의 풍습에 따라 출생일에 해당하는 성인의 이름을 본래 이름에 추가하고 그 성인의 날을 명명일로 기념한다.

다. ⟨이 두 사람은 자기 분야에서 나름대로 주목할 만한 인물이었습니다. 부티가는 사람을 사랑했고, 인류가 소멸하거나 파멸할 거라는 생각은 하지 않았습니다. 때문에 가구를 만들면서 영원한 인류를 마음에 두었습니다. 엔지니어 아소린[16]은 사람도 인생도 사랑하지 않았습니다. 그는 창작에 임하는 행복한 순간에조차 죽음, 파괴, 소멸을 계속 생각했기에 그의 작품을 이루는 이 선들은 무의미하고 유한하며 소심하고 초라할 뿐입니다……⟩

「이 방들에만 불을 피운다네.」 이반 이바니치는 자기가 쓰는 방들을 가리키며 중얼거렸다. 「아내가 죽고 아들도 전쟁터에 나가 죽은 뒤로는 거실들을 닫아 두었지. 그래…… 여기네…….」

그가 문 하나를 열자 네 개의 기둥이 있는 큰 방에 오래된 피아노와 완두콩 더미가 보였다. 냉기가 느껴지고 퀴퀴한 냄새가 났다.

「또 다른 방에는 정원 벤치를 넣어 두었지…….」 이반 이바니치가 중얼거렸다. 「이제는 마주르카를 출 사람도 없어……. 잠가 두었지.」

소란스러운 소리가 들렸다. 의사 소볼이 도착한 것이다. 그가 차가워진 손을 비비고 젖은 수염을 쓰다듬는 동안, 첫째, 그가 지루한 생활을 하고 있고 그래서 이반 이바니치와 나를 만나 무척 반가워한다는 사실을 알아차렸다. 둘째, 그가 우둔할 정도로 순박한 사람이라는 점도 알았다. 그는 내

16 파벨 안드레이치의 성(姓).

가 자신을 무척 반기며 관심이 많은 줄 알고 나를 쳐다봤다.

「이틀 밤을 못 잤어요!」 그가 머리를 매만지고 순진한 눈으로 나를 보며 말했다. 「하루는 해산하는 아기를 받느라고, 또 하루는 한 농가에서 밤을 보냈는데 빈대가 물어 대는 바람에 못 잤죠. 졸려 죽겠어요.」

그는 몹시 반갑다는 표정으로 내 팔을 잡고 식당으로 갔다. 순진한 눈매, 구겨진 코트, 싸구려 넥타이, 아이오도폼 냄새가 불쾌한 인상을 주었다. 천박한 사람들과 함께 있다는 기분이 들었다. 식탁에 앉자 의사는 내 잔에 보드카를 가득 따랐고 나는 어쩔 수 없이 웃으며 마셨다. 또 그는 햄을 잘라 내 접시에 올려놓았다. 그것도 말없이 먹었다.

「Repetitio est mater studiorum(반복은 배움의 어머니이다).」 소볼이 급하게 두 번째 잔을 들이켜고 말했다. 「좋은 사람들을 만나니 잠이 싹 달아나는데요. 이 벽지에 와서 거칠어지고 또 거칠어져 농부가 다 되었지만, 그래도 난 공부한 인텔리라고요. 솔직히 말씀드려, 사람 없는 데선 살 수 없는 거 아닌가요!」

고추냉이와 사워크림을 곁들인 새끼 돼지 요리가 나왔고 이어 돼지고기를 넣은 매우 뜨거운 양배추수프와 김이 모락모락 나는 귀리죽이 나왔다. 의사는 말을 이어 갔고, 나는 이 사람이 마음이 여리고 겉모습이 단정치 못하고 불행한 사람이라고 바로 확신했다. 그는 보드카를 세 잔째 마시고 결국 취했다. 지나칠 정도로 활기에 넘쳤고, 엄청난 양을 먹어 대며 목을 가다듬고 입맛을 다셨다. 그러다가 이탈리아어로

〈에첼렌차〉[17]라고 부르며 나를 추켜세우기까지 했다. 내가 자신을 만나 이야기를 듣는 것을 무척 좋아한다고 확신하는 순진한 표정으로 나를 바라보며, 자신은 오래전에 아내와 갈라섰고 급여의 4분의 3을 보낸다고 알려 주었다. 전처는 자신이 끔찍이도 사랑하는 아들, 딸과 함께 시내에서 살고 자신은 다른 여자, 그러니까 지적인 과부 지주를 사랑하는데, 아침부터 밤까지 어찌나 일이 많은지 좀처럼 시간이 나지 않아 거의 만날 수 없다는 이야기도 했다.

「온종일 병원에서 진료하거나 왕진을 다니느라 말이죠.」 그가 말했다. 「정말이지 에첼렌차, 사랑하는 여자를 만나러 갈 틈도 없을뿐더러 책 한 면도 못 읽는다니까요. 지난 10년 동안 한 권도 읽지 못했습니다! 에첼렌차, 10년을 말이죠! 그리고 재정 상태는 말입니다, 여기 이반 이바니치에게 물어보세요. 어떨 땐 담배 살 돈도 없다니까요.」

「대신 당신 일에 윤리적인 만족감은 느끼시지 않습니까.」 내가 말했다.

「뭐라고요?」 그가 이렇게 묻고는 한쪽 눈을 가늘게 떴다. 「아니요. 술이나 더 마십시다.」

의사의 이야기를 들으면서, 늘 그러듯이 습관처럼 잣대를 들이대고 그가 물질주의자인지 이상주의자인지, 공금을 착복하는 자인지 패거리 짓기 좋아하는 자인지 등을 판단해 보려고 했지만, 그중 어느 하나에든 근사치로도 가깝지 않았다. 이상하게도, 그의 이야기를 들으며 바라볼 땐 그가 어떤 사

17 Eccellenza. 이탈리아어로 폐하, 각하라는 뜻이다.

람인지 분명히 알 것 같았는데 잣대를 들이대기 시작하자 그는 아주 솔직하고 단순한 사람임에도 복잡하고 혼란스럽고 난해한 성정의 소유자로 여겨졌다. 나는 자문했다. 이 사람은, 남의 돈을 횡령하고 신뢰를 악용하고 무료로 배급하는 식량이나 좋아하는 성향을 지녔을까? 한때는 진정 중요했던 이 질문이 지금은 조잡하고 시시하고 유치하게만 느껴졌다.

파이가 나왔다. 집에서 담근 술을 마시는 긴 시간 동안 비둘기스튜, 무슨 내장 요리, 애저구이, 오리구이, 꿩 요리, 콜리플라워, 푸딩, 치즈, 우유, 젤리가 차려졌고, 마지막에는 잼을 넣은 팬케이크가 나왔던 것으로 기억한다. 처음에 특히 양배추수프와 귀리죽은 아주 맛있게 먹었는데, 나중에는 무슨 맛인지도 모르고 어쩔 수 없이 미소를 지으면서 기계적으로 음식을 씹고 삼켰다. 뜨거운 음식과 방 안의 열기 때문에 얼굴이 달아올랐다. 이반 이바니치와 소볼도 얼굴이 붉어졌다.

「부인의 건강을 위하여.」 소볼이 말했다. 「그분은 절 좋아하시죠. 담당 의사가 안부 인사를 드린다고 전해 주세요.」

「자네 부인은 행복한 사람이야!」 이반 이바니치가 한숨을 몰아쉬었다. 「특별히 무슨 일을 한다고 신경을 쓰거나 분주하게 움직이지도 않았는데 지금 이 지역 전체에서 가장 중요한 사람이 되었거든. 사업 대부분이 부인의 손에 달려 있어서 사람들이 다 주위로 모여들지. 의사도, 지역 기관장도, 지역 유지의 부인도. 진짜 사람들이 모이니 일은 저절로 풀려가는 거야. 그래…… 아무 걱정 하지 않아도 사과나무에는 사과가 열리거든, 자연스럽게.」

「관심 없는 사람들은 신경도 쓰지 않지요.」내가 말했다.

「어? 그래, 그래…….」이반 이바니치가 내 말을 잘 알아듣지 못하고 중얼거렸다. 「확실히 그래……. 무심해야 하지. 그러니까…… 그러니까, 그저…… 하느님과 사람들 앞에서 올바르기만 하다면야, 어찌 되든 개의치 않는 거지.」

「에첼렌차,」 소볼이 정색을 하고 말했다. 「주위의 자연환경 좀 보시죠. 옷깃에서 코나 귀를 내놓으면 떨어져 나갈 겁니다. 들판에 한 시간만 서 있으면 눈 속에 파묻힐 테고요. 이 마을은 류리크[18] 시대 때와 마찬가지로, 전혀 변하지 않았고, 페체네그인과 폴로베츠인[19]에게 시달릴 때와도 다르지 않죠. 굶주리면서 불을 내고 이런저런 방법으로 자연과 싸우기나 할 뿐이에요, 우리 모두 알고 있습니다. 제가 무슨 이야기를 하는지 아시겠습니까? 그렇습니다! 그러니까, 골똘히 생각해 보고 들여다보고 분석해 보면, 점잖지 못한 말을 써서 죄송합니다만, 이건 죽사발입니다. 진짜 인생이 아니라 연극의 화재 장면 같아요! 공포에 질려 넘어지거나 비명을 지르는 사람, 우왕좌왕 마구 뛰어다니는 사람은 질서 유지에 가장 해로운 적입니다. 똑바로 서서 조금도 흔들리지 말고 주위를 눈여겨봐야 합니다! 자질구레한 일들로 징징거릴 때가 아니에요. 자연의 힘을 대할 땐, 돌과 같이 단단하고 견고하게, 그래요, 자연의 힘처럼 맞서야 합니다. 그렇지 않은가요, 영감

18 서기 862년경부터 17세기까지 러시아 지역을 지배한 가문이다.
19 페체네그인은 9~11세기 러시아 남부를 점령한 유목민이고, 폴로베츠인(쿠만인)은 11세기 러시아 중부 일대를 침공해 황폐화시킨 유목민이다.

님.」그가 이반 이바니치 쪽으로 고개를 돌리고 웃었다. 「저는 시골 아낙네보다 나을 게 없어요. 굼뜨고 까다롭고 불평이 많은 인간인지라 투덜대는 사람은 견디질 못하죠. 저는 시시한 감정들을 싫어합니다! 침울해하는 사람도 있고, 어떤 사람은 겁에 질려 있기도 합니다. 또 이런 사람도 있을 겁니다. 여기로 와서 말하는 거죠. 〈아니, 이봐, 요리를 열 그릇이나 처먹고 기근에 시달리는 사람들에 관해 어쩌고저쩌고하는 거요!〉 정말 시시하고 멍청한 자들이죠! 또 어떤 사람은 말이죠, 에첼렌차, 당신을 부자라는 이유로 욕할 겁니다. 미안하지만 말이죠, 에첼렌차,」그는 가슴에 손을 얹고 큰 소리로 계속 말했다. 「당신이 우리 지역 예심 판사에게 당신 집에 든 도둑을 밤낮없이 잡으라고 했잖습니까. 미안하지만, 그일도 당신 쪽에서 시시하게 군 것 아닙니까. 취해서 하는 말인데, 시시하게 군 것 아니냐 이 말입니다!」

「누가 신경 써달라고 했나요? 이해할 수 없군요.」나는 벌떡 일어나며 말했다. 갑자기 견딜 수 없이 부끄럽고 수치스러워서 식탁 주위를 왔다 갔다 했다. 「누가 신경 써달라고 했나요? 그런 부탁은 한 적 없습니다……. 이런 젠장!」

「농부 세 명을 잡았다가 풀어 줬죠. 진범이 아니었던 겁니다. 지금 또 새로운 놈을 찾고들 있어요.」소볼이 웃었다. 「어처구니없습니다!」

「그런 부탁을 한 적이 전혀 없습니다.」나는 흥분해서 눈물이 나올 뻔했다. 「도대체, 도대체 왜 이러는 겁니까? 그래, 좋아요, 내가 틀렸다고 합시다. 내가 바보 같은 짓을 했다고 하자고요. 그렇지만 아무리 내가 틀렸다 해도 도대체 왜, 이렇게까지 나를 몰아붙이는 겁니까?」

「아니, 아니, 아니, 그런 게 아니라!」소볼이 나를 누그러뜨리려고 애쓰며 말했다.「아니라니까요! 취해서 한 말인데, 이 놈의 혀가 문제라니까. 아니, 아니에요.」그가 한숨을 몰아쉬었다.「실컷 먹고 마셨으니, 좀 드러누울까.」

그는 자리에서 일어나 이반 이바니치의 머리에 입을 맞춘 다음 비틀거리며 식당을 나갔다. 나와 이반 이바니치는 말없이 담배를 피웠다.

「이보게, 난 식후에 잠을 자지 않아.」이반 이바니치가 말했다.「자네는 소파가 있는 방에 가서 좀 쉬지 그래.」

나는 그러기로 했다. 약간 어둡고 난방이 잘 되어 따뜻한, 이반 이바니치가 말한 〈소파가 있는 방〉에는 소목장 부티가가 만든 견고하고 무게 있는 작품인 길고 넓은 소파들이 벽을 따라 놓여 있었다. 소파들 위에는 안경을 쓴 노부인이 깔아 놓은 것으로 보이는, 고급스럽고 부드럽고 새하얀 이부자리가 있었다. 그중 하나에서는 이미 소볼이 코트와 신발을 벗고 얼굴을 소파 등받이로 향한 채 잠들어 있었다. 다른 이부자리가 나를 기다리고 있었다. 나도 코트와 신발을 벗고, 소파가 있는 적막한 방에 떠도는 부티가의 영혼에 휩싸여, 잔잔하고 규칙적인 소볼의 코 고는 소리를 들으면서 피로한 몸을 뉘었다.

금방 꿈을 꾸기 시작했다. 아내, 아내의 방, 증오로 가득 찬 얼굴, 쌓인 눈, 연극의 화재 장면……. 농부들이 창고에서 호밀 스무 자루를 훔쳐 가는 모습도 나왔다.

「어쨌든 예심 판사가 그들을 풀어 준 건 잘한 일이야.」혼잣말이 튀어나왔다…….

혼잣말 소리에 놀라 잠에서 깨어 당황한 채 한동안 멍하니 소볼의 넓은 등, 조끼의 버클, 두툼한 발뒤꿈치를 바라보다가 다시 자리에 누워 잠들었다.

잠에서 깼을 때는 이미 주위가 어두웠다. 소볼은 여전히 잠들어 있었다. 마음은 평화로웠고 어서 빨리 집으로 돌아가고 싶었다. 옷을 입고 소파가 있는 방에서 나왔다. 이반 이바니치는 서재의 커다란 안락의자에 앉아 꼼짝도 하지 않고 한곳을 응시하고 있었다. 틀림없이 내가 자는 동안 내내 움직이지 않고 저렇게 앉아 있었을 것이다.

「기분이 좋은데요!」나는 하품을 하면서 말했다. 「꼭 금식을 마치고 부활절을 맞아 깨어난 기분이네요. 이제 자주 찾아뵙겠습니다. 아내도 여기 와서 식사한 적이 있나요?」

「아…… 아…… 아주…… 가끔.」이반 이바니치가 힘겹게 몸을 움직이며 웅얼거렸다. 「지난 토요일에도 여기서 식사를 했지. 그래……. 부인은 나를 좋아하거든.」

잠시 침묵이 흐른 뒤 내가 말했다.

「기억하시나요, 아저씨, 제 성격이 고약하고 같이 있기가 힘들다고 하셨죠. 어떻게 해야 성격이 바뀔까요?」

「모르겠네, 이보게…… 나는 힘없는 늙은이야. 피부도 늘어졌다네. 어떻게 자네한테 충고할 수 있겠나……. 그래…… 내가 자네를 좋아하고, 자네 아내도, 또 자네 부친도 좋아하니까 그때 그런 말을 한 거라네……. 그래. 곧 죽을 텐데 자네한테 뭘 숨기겠나? 거짓말을 할 필요도 없지. 그래서 하는 말이네만, 자넬 무척 좋아하긴 해도 높이 사지는 않아. 그래, 존경하지는 않지.」

그는 내 쪽으로 몸을 돌리고 숨을 가쁘게 몰아쉬면서 속삭이듯 중얼거렸다.

「이보게, 자네를 높이 사기는 힘들어. 외모만 보면 자네는 진실한 사람 같긴 하지. 용모에는 꼭 프랑스의 카르노 대통령[20] 같은 위엄도 있고. 최근에 그 양반을 주간지 『일러스트레이션』에서 봤네만…… 그래……. 자네는 말도 고상하게 하고 지적이고 쳐다보기도 힘든 높은 공직에도 있었네만, 그런데, 이보게, 자네의 영혼은 진실하지가 않아……. 영혼의 힘이 없어, 그래.」

「한마디로, 스키타이라는 건가요.」 내가 웃었다. 「그럼 제 아내는요? 제 아내에 관해서도 이야기해 주세요. 저보다 더 잘 아시잖아요.」

아내에 관해 이야기하고 싶었지만, 소볼이 들어오는 바람에 멈췄다.

「잘 잤습니다, 세수도 했고요.」 그가 순진하게 나를 바라보며 말했다. 「럼주가 들어간 차를 한잔 마시고 집으로 갈까 합니다.」

20 Marie François Sadi Carnot(1837~1894). 프랑스 제3공화국의 대통령. 재임 중에 프랑스 혁명 기념식과 1889년 파리 만국 박람회 등의 행사를 개최해 국민들에게 인기가 높았다. 1894년 리옹을 방문하여 연설하던 중 암살당했다.

7

이미 저녁 7시가 넘었다. 현관 계단 아래까지 이반 이바니치 외에도 농촌 여자들, 안경 쓴 노부인, 어린 여자아이들, 그리고 루바시카를 입은 남자가 나와 이런저런 복을 빌어 주며 우리를 배웅했다. 어둠이 뒤덮인 가운데 말들 근처에서는 등불을 든 사람들이 마부에게 어느 길로 어떻게 마차를 몰아야 좋은지 가르쳐 주고 있었다. 그들도 우리에게 조심해서 가라고 작별 인사를 했다. 말들과 썰매 마차 두 대와 사람들 모두 눈을 맞아 하얬다.

「이 사람들은 다 어디서 왔나요?」 말 세 마리가 끄는 내 썰매 마차와 말 두 마리가 끄는 의사의 썰매 마차가 마당을 벗어나자 내가 물었다.

「모두 그의 농노입니다.」 소볼이 대답했다. 「이반 이바니치는 아직까지 농노 해방령을 따르지 않고 있지요.[21] 늙은 농노들 몇몇은 죽을 때까지 여기서 살겠다 하고, 갈 데 없는 고

---

21 러시아에서는 1861년 농노 해방령이 공포되어 농노제가 공식적으로 폐지되었다.

아 여럿도 함께 살고 있습니다. 여기서 살겠다고 고집을 피우는 사람들이 있어서 쫓아내지 못하고 있어요. 이상한 영감님입니다!」

다시 말들이 질주하고, 술 취한 니카노르의 갈라진 목소리가 들리고, 눈과 입으로 들이치며 외투 틈을 파고드는 성가신 눈바람이 불어오기 시작했다…….

〈별난 날이었어!〉 내 썰매 마차의 방울이 의사의 썰매 마차에 달린 방울과 함께 요란스럽게 딸랑딸랑 울렸고, 바람이 휘파람 소리를 내며 쌩쌩 불었고, 마부들이 고함을 질러 댔다. 광란의 소음에 휩싸인 채, 살면서 처음 겪은 이 이상하고 특별한 하루 동안 벌어진 일들을 하나하나 떠올렸다. 내가 진짜 미쳤거나 아니면 다른 사람이 된 것만 같았다. 오늘 이전의 나란 존재가 무척 낯설었다.

뒤따라오는 의사는 마부와 계속 큰 소리로 떠들었다. 이따금 내 썰매 마차를 따라잡아 나란히 달리면서, 무척 유쾌하고 순박한 모습으로 담배를 권하거나 성냥을 달라고 했다. 그렇게 옆에서 달리다가 갑자기 썰매 밖으로 몸을 내밀고 자기 팔보다 두 배는 더 길어 보이는 코트의 소매를 흔들면서 소리쳤다.

「가자, 바스카! 아무도 못 쫓아오게 달려! 내 새끼들을 어서 몰아!」

마부 바스카가 소볼만큼 크고 험악한 웃음소리를 날리며 말들을 몰아 앞으로 질주했다. 경쟁심이 발동한 니카노르도 말고삐를 바짝 잡았다. 의사의 썰매 마차가 방울 소리도 들리지 않을 만큼 멀어지자 니카노르가 팔꿈치를 들고 고함을 질렀다. 우리 말 세 마리도 맹렬하게 뒤따라 달렸다. 우리는 한 마을로 들어갔다. 불빛들이 깜박이고, 농가들의 검은 윤곽이 보였다. 누군가가 소리쳤다. 「이런, 맙소사!」 우리는 2베르스타나 달려가고 있었지만 마을의 길은 계속되어 끝이 보이지 않았다. 의사를 따라잡아 말없이 썰매 마차를 타고 가는데 그가 성냥을 빌리면서 이렇게 말했다.

「이 거리 사람들을 먹여 살려 보는 게 어떻겠소! 이런 거리가 여기에 다섯 개나 더 있다는 사실도 알아 두셔야 합니다. 멈춰! 멈추게!」 그가 소리쳤다. 「저 선술집으로 마차를 돌리지! 가서 몸 좀 녹이고 말들도 쉬게 하자고.」

우리는 선술집 앞에 멈춰 섰다.

「제 관할 구역엔 이런 마을이 한둘이 아닙니다.」 이렇게 말하면서 의사는 삐걱거리는 무거운 문을 열어 나를 먼저 들어가게 했다. 「환한 대낮에 보면 이 거리는 끝이 보이지 않을 정도지요. 사이사이에 골목도 많아서 뒤통수를 긁적거릴 수밖에 없습니다. 어떤 일도 하기가 힘들어요.」

식탁보 냄새가 심하게 나는 가장 〈깨끗한〉 방에 들어갔다. 우리를 보자, 조끼를 입고 셔츠를 바지 밖으로 내놓은 채 졸고 있던 농부가 작은 의자에서 벌떡 일어났다. 소볼은 맥주를, 나는 차를 주문했다.

「어떤 일도 하기가 힘들어요,」 소볼이 말했다. 「당신 아내는 믿음이 있지요. 부인을 존경하고 고개를 숙이지만, 저는 크게 믿지 않습니다. 우리가 보육원이나 장애인 시설 같은 곳에 자선을 베푸는 식으로 농부들을 대한다면, 교활하게 허세를 부리며 자기 자신을 속이는 셈이 될 뿐입니다. 우리 일은 이해와 정의를 내세울 뿐 아니라 계산도 따지는 사업과 같은 방식으로 추진해야 합니다. 바스카는 평생 우리 집 일꾼으로 살다 나갔는데, 이번에 흉작이 들자 병들고 굶주렸지요. 요즘 일당 15코페이카를 주고 예전과 같이 일꾼으로 씁니다. 그러니 무엇보다 제 이익을 보장받는 셈인데도, 저 자신이 15코페이카를 준다는 이유로 〈원조〉니 〈선행〉이니 하고 있는 겁니다. 이렇게 말해 보죠. 아주 적게 잡아 1인당 7코페이카가 필요하다 치고, 한 가족을 5인으로 계산하면 1천 가구를 먹여 살리는 데 하루에 350루블이 필요합니다.[22] 이 금액은 우리가 사업을 벌이면 1천 가구에 반드시 지불해야 하는 액수입니다. 그런데 하루에 350루블은커녕 10루블만 내놓으면서 〈원조〉니 〈구제〉니 하며 떠들고, 당신의 아내와 우리가 남달리 아름다운 사람이라고 생각하며 휴머니즘 만세를 외치고 있습니다. 양심에 찔립니다! 아, 휴머니즘이니 뭐니 하는 말을 덜 하고, 더 따지고, 더 이성적으로 판단하고, 자기 의무를 양심적으로 실천해야지요! 우리 가운데는 기부자 목록을 들고 농가를 열심히 뛰어다니는 인도주의적이고 감상적인 사람들이 있는데, 그들은 도대체 왜 자기 집에서 일하는 가정부나 재봉사한테는 제대로 대가를 지불하지 않는 걸까요. 논리에 맞지 않아요, 보세요! 논리가 없어요!」

우리는 한동안 말이 없었다. 나는 마음속으로 계산해 보고

22 러시아의 화폐 단위로 1루블은 1백 코페이카이다.

입을 열었다.

「내가 2백 일 동안 1천 가구를 먹여 살리죠. 내일 우리 집에 와서 이 일을 상의해 봅시다.」

이 말이 아주 쉽게 나와서 나는 기뻤고, 소볼이 더 쉽게 대답해 줘서 반가웠다.

「그러시죠.」

돈을 지불하고 선술집 밖으로 나왔다.

「이런 일에 끼어드는 걸 좋아합니다.」 소볼은 이렇게 말하고 썰매에 올라탔다. 「에첼렌차, 성냥 좀 빌려주실래요, 제 것은 선술집에 두고 왔나 봅니다.」

15분쯤 달렸을까, 뒤처져 오던 그의 썰매 마차가 보이지 않았고 눈보라 소리에 그쪽 방울 소리도 들리지 않았다. 집에 도착한 뒤에는 내 입장을 가능한 한 분명히 해두려면 어떻게 해야 하나, 곰곰이 생각하며 위층 방들을 왔다 갔다 했다. 아내에게 할 말이 단 한 문장, 한 단어도 떠오르지 않았다. 머리가 돌아가지 않았다.

아무 생각도 떠오르지 않았지만 아래층으로 내려가 아내에게 갔다. 아내는 전과 같은 장미색 가운을 입고 서류를 보지 못하게 가로막는 똑같은 자세로 자기 방에 서 있었다. 얼굴에 당혹감이 떠올랐고 조소 어린 표정이 역력했다. 내가 돌아왔다는 것을 알고, 어제처럼 울거나 간청하거나 방어하지 않고 비웃고 경멸을 담아 대답하고 단호하게 행동하려고 단단히 준비한 것이 분명해 보였다. 얼굴로 이렇게 말하고 있었다. 〈또 그런다면, 진짜로 헤어지겠어.〉

「나탈리, 떠나지 못했어.」내가 말했다. 「하지만 속이진 않았어. 내가 미쳤나 봐. 그새 더 늙고 몸도 안 좋아지고 딴사람이 됐지. 당신 좋을 대로 생각해…… 이전의 나 자신을 아주, 아주 혐오하고 이제 거기서 벗어나려고 해. 옛날 모습을 경멸하고 부끄럽게 생각하지. 어제 이후로 내 안에 존재하기 시작한 새사람이 나를 떠나지 못하게 했어. 날 쫓아내지 말아 줘, 나탈리!」

아내가 내 얼굴을 뚫어지게 쳐다봤다. 내 말을 믿는 듯했지만 그래도 눈동자에는 불안한 빛이 비쳤다. 아내의 존재에 황홀해지고 방의 온기에 달아오른 나는 아내에게 손을 뻗으며 잠꼬대처럼 중얼거렸다.

「당신 말고는 아무도 없다는 말을 하고 싶어. 늘 당신을 그리워했으면서도, 고집이 세고 자존심이 강해 인정하지 못했지. 우리가 남편과 아내답게 살았던 과거로 돌아가지 못한다 해도, 아니 그럴 필요도 없지, 나를 당신의 종으로 여기고 재산을 전부 가져가 원하는 사람들에게 나눠 줘. 마음이 평화로워, 나탈리, 나는 만족해…… 평화로워.」

내 얼굴을 뚫어지게 바라보던 아내의 입에서 갑자기 아주 희미한 비명이 새어 나왔다. 그러더니 울음을 터뜨리며 옆방으로 뛰어갔다. 나는 위층으로 올라갔다.

한 시간 후 나는 이미 책상 앞에 앉아 『철도의 역사』를 쓰고 있었다. 기근에 시달리는 사람들이 더 이상 방해가 되지 않았다. 요즈음에는 불편한 감정이 아예 생기지도 않는다. 며칠 전에 아내와 소볼과 함께 페스트로보의 오두막들을 둘러볼 때 펼쳐진 무질서한 광경도, 악의적인 소문도, 주변 사람들의 실수도, 다가오는 노년도, 그 어떤 것도 나를 불편하게 하지 않는다. 전쟁터에서 포탄과 총알이 날아다녀도 병사들은 자기 일을 이야기하고 식사를 하고 군화를 닦듯이, 나 역시 굶주리는 이들에게 방해받지 않고 평화롭게 잠들고 내일을 해나가고 있다. 집과 마당, 그리고 집 주변에서 소볼이 〈자선 난장 파티〉라고 부르는 모임이 한창이다. 아내가 종종 나에게 와서, 〈자기 인생을 정당화하기 위해〉 굶주리는 사람들에게 더 줄 것이 없는지 찾아보려고 여기저기 둘러본다. 그녀 덕분에 얼마 안 가 재산이 바닥나고 우리는 가난해지겠지만 그래도 불안하지 않다. 나는 아내를 보며 환하게 미소 짓는다. 앞으로 어떻게 될지 나는 모른다.

세 자매

4막 드라마

등장인물

프로조로프 안드레이(세르게예비치, 안드류샤, 안드류시카)

나탈리야 이바노브나(나타샤)   프로조로프의 약혼자, 후일의 아내

올가(올랴, 올류시카, 올레치카)

마샤(마리야, 마센카)   프로조로프의 여동생들

이리나(아리샤)

쿨리긴 표도르 일리치   중등학교 교사, 마샤의 남편

베르시닌 알렉산드르 이그나티예비치   중령, 포병 부대장

투젠바흐 니콜라이 리보비치   남작, 중위

솔료니 바실리 바실리예비치(바실리치)   이등 대위

체부티킨 이반 로마노비치(로마니치)   군의관

페도티크 알렉세이 페트로비치   소위

로데 블라디미르 카를로비치   소위

페라폰트   지방 자치회 수위, 노인

안피사   유모, 80세 노파

어느 도청 소재지[1]에서 일어나는 일이다.

1 러시아 구베르니야의 행정 도시. 구베르니야는 우리나라의 도(道), 미국의 주(州), 일본의 현(縣)에 해당하는 러시아의 광역 행정 구역을 가리킨다. 구베르니야에는 1864년부터 지방 자치회 젬스트보가 설치됐다. 페라폰트는 젬스트보에서 수위로 일한다.

제1막

프로조로프 일가의 저택. 둥근 기둥들이 있는 응접실, 안쪽으로는 넓은 홀이 보인다. 정오. 집 밖에는 밝은 햇살이 가득하다. 홀에서는 식탁에 아침을 차리고 있다.

여학교 교사용 파란 제복을 입은 올가가 걷다 서다 하면서 학생들의 공책을 보며 내용을 하나하나 첨삭하고 있다. 검은 옷을 입은 마샤는 모자를 무릎에 올려놓고 앉아서 책을 읽는다. 하얀 드레스를 입은 이리나는 생각에 잠긴 채 서 있다.

올가 아버지는 1년 전, 바로 오늘 돌아가셨지. 이리나, 5월 5일 네 명명일에 말이야. 추웠어, 눈까지 내리고. 그때는 도저히 살 수 없을 것만 같았는데, 너는 죽은 사람처럼 정신을 잃고 누워만 있었고. 그런데 1년이 지나니 우리는 그때 일을 편하게 떠올리는구나. 너는 이제 하얀 드레스도

입고 얼굴에선 빛도 나고. (시계가 12시를 친다) 그때도 시계 종이 울렸지.

사이.

올가 기억나, 아버지 관이 나갈 때 음악이 울렸어. 묘지에서는 조총(弔銃)을 쐈고. 아버지는 여단을 지휘하는 장군이셨지만 조문객은 많지 않았어. 비가 내리긴 했지만 말이야. 심한 눈비가.

이리나 그때 얘기는 왜 꺼내고 그래!

둥근 기둥 뒤 홀의 식탁 옆으로 투젠바흐 남작, 체부티킨, 솔료니가 나타난다.

올가 오늘은 따뜻해서 창문을 활짝 열 수 있네. 아직 자작나무에 싹이 트진 않았어. 아버지가 여단장이 되셔서 11년 전에 우리를 데리고 모스크바를 떠났지만, 나는 선명히 기억해. 5월 초, 지금 모스크바는 따사롭고 꽃이 활짝 피고 햇살이 가득할 거야. 11년이 지났지만 어제 떠나온 것처럼 모두 다 기억하고 있어. 어쩜! 오늘 아침 잠에서 깨어 빛이 환하고 봄이 온 풍경을 보니, 기쁨이 샘솟아 고향으로 돌아가고 싶은 마음이 간절해졌어.

체부티킨 말도 안 되는 소리!

투젠바흐 그럼요, 터무니없는 생각입니다.

마샤, 책에서 눈을 떼지 않고 조용히 휘파람을 분다.

올가 휘파람 불지 마, 마샤. 뭐 하는 거야!

사이.

올가 나는 매일 학교에 나가 저녁까지 수업을 해서 그런지
늘 두통에 시달리고 폭삭 늙어 버렸다는 생각이 자주 들
어. 사실 지난 4년 동안 학교에서 근무하며 매일 에너지와
젊음이 한 방울 한 방울 빠져나가는 느낌을 받았어. 오직
꿈 하나만 커지고 강해질 뿐······.

이리나 모스크바로 떠나자. 이 집을 팔고 여기 있는 것을 모
두 정리하고 모스크바로 떠나야 해······.

올가 맞아! 모스크바로 가야지.

체부티킨과 투젠바흐, 웃는다.

이리나 오빠는 교수님이 되실 테니 여기서 살지 않을 거야.
불쌍한 마샤만 남겠네.

올가 마샤는 매년 여름 모스크바에 오면 돼.

마샤, 조용히 휘파람을 분다.

이리나 하느님이 돌봐 주셔서 잘될 거야. (창밖을 내다보며) 오

늘은 날씨가 정말 좋네. 마음이 왜 이렇게 가벼운지 모르겠다! 아침에 오늘이 내 명명일이라는 사실이 떠올라 갑자기 즐거워지면서 엄마가 살아 계시던 어린 시절이 생각났어. 정말이지 놀라운 생각이 떠올라 가슴이 두근거렸다고, 놀라운 생각이!

올가   너는 오늘 온통 빛이 나는구나, 무척 예뻐 보여. 마샤도 아름답고. 안드레이 오빠는 잘생기긴 했지만 살이 쪘네. 그건 어울리지 않아. 나는 학교에서 아이들에게 시달려서 그런지 바싹 마르고 늙어 버렸는데. 그래도 오늘은 쉬는 날이라 집에 있으니 머리도 아프지 않고 어제보다 더 젊어진 기분이야. 나도 스물여덟이니, 이제……. 그래 좋아, 하느님이 알아서 하시겠지만, 결혼해 종일 집에서 지낼 수만 있다면 좋을 텐데.

    사이.

올가   나는 남편을 사랑할 거야.

투젠바흐   (솔료니에게) 당신은 언제나 말도 안 되는 소리만 해대니 아주 진저리가 나는군요. (응접실로 들어오면서) 깜빡 잊고 있었습니다. 포병 부대장으로 새로 부임한 베르시닌 중령이 오늘 댁을 방문할 겁니다. (피아노 옆에 앉는다)

올가   어머나! 잘됐네요.

이리나   나이가 많은 분인가요?

투젠바흐 아뇨, 전혀. 기껏해야 마흔이나 마흔다섯 정도. (조용히 피아노를 친다) 훤칠한 사람이죠. 적어도 바보가 아니라는 점은 확실합니다. 말이 많아서 그렇지.

이리나 재미있는 분인가요?

투젠바흐 네. 아내와 장모, 어린 두 딸이 있답니다. 재혼했죠. 어딜 가든 아내와 두 딸이 있다는 말을 합니다. 여기서도 할걸요. 그 사람 아내는 정신 나간 사람이라 애처럼 머리를 길게 땋고 허풍이나 떨며 추상적인 소리만 늘어놓습니다. 종종 자살을 기도하는데 남편을 괴롭히려고 그러는 거예요. 나라면 진작에 그런 여자와 헤어지고 말았을 텐데 그 양반은 꾹 참고 투덜거리기만 하지요.

솔료니 (체부티킨과 함께 홀에서 응접실로 들어오면서) 저는 한 손으로는 1푸드 반밖에 들어 올리지 못하지만, 두 손으로는 5푸드, 아니 6푸드까지 들 수 있습니다. 그렇다면 한 사람보다 두 사람이 두 배가 아니라 세 배, 아니 그 이상으로 힘이 세다는 결론이 나옵니다.

체부티킨 (신문을 보면서 걸으며) 탈모에는…… 2졸로트니크[2]의 나프탈렌을 알코올 반병에…… 녹여 매일 사용한다……. (수첩에 적는다) 적어 둬야지! (솔료니에게) 그런데 이보게, 병을 코르크 마개로 막고 가운데에 유리관을 꽂은 다음…… 쉽게 구할 수 있는 흔한 명반을 가지고…….

이리나 이반 로마니치, 저기, 이반 로마니치!

체부티킨 왜 그러시나요, 아가씨? 나의 기쁨 이리나.

2 러시아의 무게 단위로 1졸로트니크는 약 4.3그램이다.

이리나 저는 오늘 왜 이렇게 행복할까요? 돛단배를 탄 것 같아요. 머리 위에는 넓고 푸른 하늘이 있고, 커다란 흰 새들이 날아다니고. 왜죠? 왜 그럴까요?

체부티킨 (이리나의 두 손에 입을 맞춘 다음 부드럽게) 나의 백조……

이리나 오늘 잠에서 깨어 일어나 세수를 하고 나니, 갑자기 세상 모든 일이 분명해지고 어떻게 살아야 할지 알 것만 같았어요. 이반 로마니치, 이제 모두 알겠어요. 사람은 일을 해야 해요, 땀 흘리며 일해야 해요. 그게 삶의 목적이자 의미이고, 행복도 기쁨도 거기서 찾을 수 있어요. 새벽에 일어나 거리에서 돌을 깨트리는 일꾼 아니면 목동이나 아이들을 가르치는 선생님, 철도 기관사가 된다면 얼마나 좋을까……. 낮 12시에 잠에서 깨어 침대에 앉아 커피를 마시고 두 시간 동안 화장을 하는 젊은 여자보다는 차라리 사람이 아니더라도 일을 하는 소나 말이 되는 편이 훨씬 나을 거예요……. 오, 너무 끔찍해요! 무더운 날 물을 마시고 싶듯이, 저는 정말 일을 하고 싶어요. 앞으로 제가 일찍 일어나 열심히 일하지 않으면 저를 봐도 모른다고 하세요, 이반 로마니치.

체부티킨 (부드럽게) 그러지요, 그러지요……

올가 아버지는 저희에게 7시에 일어나도록 가르치셨답니다. 그런데 요즘 이리나는 7시에 눈을 뜨긴 하지만 9시가 되도록 침대에서 뒹굴면서 알 수 없는 생각만 하네요. 어머, 저 심각한 얼굴 좀 보세요! (웃는다)

이리나 언니는 날 늘 어리게 보니까, 내가 진지한 표정만 지어도 이상하게 여기는 거야. 나도 스무 살이라고!

투젠바흐 일에 대한 갈망, 아, 저도 이해합니다! 저도 평생 일을 해본 적이 없으니까 말이죠. 저는 춥고 한가한 페테르부르크에서 일할 필요도 없고 생계 걱정도 없는 집안에서 태어났지요. 어렸을 때 학교에서 돌아오면 하인이 신발을 벗겨 주던 기억이 납니다. 그땐 떼를 써도 어머니는 황홀하게만 바라봐 주셨고, 남들이 저를 다른 눈빛으로 보면 놀라셨죠. 저는 일할 필요가 없었습니다. 하지만 언제까지나 그럴 수 있을까요, 그렇지 않습니다! 시대가 변해 우리 모두에게 거대한 무언가가 닥쳐오고 있습니다. 거세고 유익한 폭풍이 일어 코앞에 닥쳤고, 얼마 안 있어 우리 사회에서 게으름, 무관심, 일에 대한 편견, 썩어 빠진 권태를 날려 버릴 겁니다. 저도 일하겠습니다. 25년이나 30년 후에는 사람이라면 누구나 일을 할 겁니다. 누구나!

체부티킨 나는 일하지 않겠네.

투젠바흐 아무도 당신과 상종하지 않겠죠.

솔료니 25년 후엔 고맙게도 당신은 이미 이 세상 사람이 아닐걸. 2~3년도 지나지 않아 풍이 들어 죽든가, 아니면 내가 분통이 터져 당신 이마에 총알을 박아 넣을 테니까. 그렇지 않은가. (주머니에서 향수병을 꺼내 가슴과 손에 뿌린다)

체부티킨 (웃는다) 정말이지 나는 여태 한 일이 하나도 없군. 대학을 나온 이후로 손가락 하나 까딱하지 않았어, 신문 말고는 책 한 권도 읽지 않았으니……. (주머니에서 다른 신문을 꺼낸다) 음…… 도브롤류보프[3]라는 작가가 있었다는 거야 신문을 봐서 알지만 그 사람이 무엇을 썼는지는 모르지……. 전혀 몰라…….

아래쪽 계단에서 쿵쾅거리는 발소리가 들린다.

체부티킨   아하…… 아래에서 나를 부르나 보군. 누가 왔을 거야. 금방 돌아오지…… 그럼 잠시만……. (수염을 쓰다듬으며 서둘러 나간다)

이리나   무슨 일을 꾸미시려나 봐요.

투젠바흐   네. 의기양양하게 나가시는 모습을 보니, 아마 당신에게 선물을 가져다줄 겁니다.

이리나   그런 건 달갑지 않아요!

올가   지겨워. 저분은 항상 바보 같은 일을 벌이신다니까.

마샤   바닷가기슭 푸른 참나무, 그 참나무에 황금 사슬……[4] 그 참나무에 황금 사슬……. (일어나서 조용히 노래를 부른다)

올가   마음이 울적한가 보구나, 마샤.

마샤, 노래를 부르며 모자를 쓴다.

3 Nikolai Aleksandrovich Dobrolyubov(1836~1861). 러시아의 비평가. 자연 과학에 입각해 급진적인 사회 개혁을 주장하면서, 문학 작품이 사회 변혁의 도구가 되어야 한다고 주장했다.

4 알렉산드르 푸시킨의 서사시 「루슬란과 류드밀라」의 첫 구절. 대공의 딸 류드밀라가 결혼 첫날밤 괴물에게 납치되고, 그런 류드밀라를 루슬란이 우여곡절 끝에 구해 내는 이야기이다. 마샤는 자신의 처지를 괴물에게 붙잡힌 류드밀라에 빗대어 노래하고 있다.

올가 어딜 가려고?

마샤 집.

이리나 알 수 없어…….

투젠바흐 명명일인데 가시렵니까!

마샤 아무려면 어때요……. 저녁에 올 거예요. 안녕, 이리나…….
(이리나에게 입맞춤한다) 건강하고 행복하길 한 번 더 빌게.
예전에 아버지가 살아 계실 때 명명일이면 언제나 30~40명
의 장교가 찾아와 떠들썩했는데, 오늘은 사람이 거의 없어
서 황무지처럼 적막하네……. 갈게……. 오늘 왠지 좀 예민
해서 즐겁지가 않아. 나 때문에 신경 쓰지 마. (눈물을 내비
치며 웃는다) 이따가 얘기하자, 가볼게. 이리나, 가야겠어.

이리나 (불만스럽게) 왜 그러는 거야…….

올가 (눈물 지으며) 이해해, 마샤.

솔료니 남자가 추상적인 소리를 늘어놓으면 철학자나 소피
스트라는 소리를 듣겠지만, 여자가 혼자 또는 둘이서 철학
적인 말을 하면 그건 자길 건드려 달라는 뜻이지.

마샤 무슨 말이 하고 싶은 건가요? 당신은 끔찍이도 무서운
사람이군요.

솔료니 아닙니다. 소리 지를 틈도 없이 곰이 덮친 겁니다.[5]

사이.

5 사회를 풍자하는 우화를 주로 쓴 크릴로프Ivan Andreyevich Krylov
(1769~1844)의 작품 「농부와 일꾼」의 한 구절. 솔료니는 다른 사람들과 잘
소통하지 못하고 엉뚱하게 말을 자꾸 돌린다.

마샤   (올가에게 화를 낸다) 울지 마!

케이크를 든 페라폰트가 안피사와 함께 들어온다.

안피사   이리로 오세요, 신발이 깨끗하니 들어오셔도 돼요.
  (이리나에게) 지방 자치회의 프로토포포프 미하일 이바니
  치 씨가 보낸 파이예요…….

이리나   고마워라. 감사하다고 전해 주세요. (파이를 받는다)

페라폰트   뭐라고 하셨나요?

이리나   (더 큰 소리로) 감사하다고 전해 주세요!

올가   유모, 이분에게 파이를 주세요. 페라폰트, 가시면 파이
  를 줄 거예요.

페라폰트   뭐라고 하셨나요?

안피사   갑시다, 페라폰트 스피리도니치, 자……. (페라폰트와
  함께 나간다)

마샤   나는 프로토포포프 미하일 포타피치인지 이바니치인
  지 하는 사람을 좋아하지 않아. 그런 사람은 초대하지 않
  는 게 좋겠어.

이리나   초대하지 않았어.

마샤   그래, 잘했네.

체부티킨이 들어오고, 한 군인이 은색 사모바르를 들고 따라
들어온다. 경악과 불만의 소리로 왁자지껄하다.

올가 (두 손으로 얼굴을 가리며) 사모바르! 어휴, 끔찍해!
(홀의 식탁 쪽으로 나간다)

이리나 이반 로마니치, 지금 뭐 하시는 거예요!

투젠바흐 (웃는다) 내가 뭐라고 그랬습니까. (동시에)

마샤 이반 로마니치, 창피한 줄도 모르시나요!

체부티킨 어여쁜 숙녀 여러분, 여러분은 나에겐 누구와도 바꿀 수 없는 사람들이오. 세상에서 가장 소중한 사람들. 나는 곧 예순이 되는 노인이라오, 외롭고 아무짝에도 쓸모없는 늙은이……. 여러분을 사랑할 때 말고는 아무런 낙도 없지. 여러분이 없었다면 벌써 세상을 뜨고 말았을걸……. (이리나에게) 소중한 아가씨, 아가씨가 태어나던 날부터 봐왔지……. 이 손으로 안고 다녔는데……. 나는 여러분의 돌아가신 어머니를 좋아했어…….

이리나 왜 이런 비싼 선물을!

체부티킨 (눈물을 글썽이며 화를 낸다) 비싼 선물이라니……. 무슨 그런 소리를! (사병에게) 사모바르를 저기 가져다 두게……. (투덜거린다) 비싼 선물…….

사병이 사모바르를 홀로 가지고 나간다.

안피사 (응접실을 가로질러 걸어오면서) 아가씨, 모르는 장교분이 오셨습니다. 외투를 벗고 이리로 오고 계세요. 자, 아리누시카,[6] 예의 바르고 상냥하게 맞아 주셔야 해요…….

6 이리나의 애칭. 유모 안피사는 세 자매를 더 친밀한 애칭으로 부른다.

(나가면서) 아침 식사 시간이 벌써 지났는데…… 이를 어
쩌나…….

투젠바흐 베르시닌일 겁니다.

베르시닌, 들어온다.

투젠바흐 베르시닌 중령이십니다!

베르시닌 (마샤와 이리나에게) 인사드리겠습니다, 베르시닌
이라고 합니다. 이렇게 찾아뵙게 되어 무척, 무척 기쁩니
다. 저런! 몰라보겠군요!

이리나 편히 앉으세요, 저희도 무척 반가워요.

베르시닌 (쾌활하게) 얼마나, 얼마나 반가운지 모르겠습니
다! 모두 세 자매가 아니었던가요. 셋으로 기억하는데, 얼
굴은 생각나지 않지만 선친 프로조로프 부대장님께 어린
세 딸이 있었던 것은 똑똑히 기억합니다. 두 눈으로 직접
봤으니까요. 세월 정말 빠르네요! 정말 빠릅니다!

투젠바흐 알렉산드르 이그나티예비치는 모스크바에서 오셨
습니다.

이리나 어머, 모스크바라고요? 모스크바에서 오셨나요?

베르시닌 네, 그렇습니다. 선친께서 모스크바에서 부대장으
로 근무하실 때 저는 휘하 장교로 있었습니다. (마샤에게)
당신 얼굴은 좀 기억날 듯합니다.

마샤 저는 전혀 모르겠는데요!

이리나 올랴! 올랴! (홀을 향해 소리친다) 언니, 이리 와봐!

올가, 홀에서 응접실로 들어온다.

이리나 베르시닌 중령님은 모스크바에서 오셨대.

베르시닌 당신은, 그러니까, 올가 세르게예브나, 나이가 제
일 많은……. 그리고 당신은 마리야이시고……. 당신은 가
장 어린 이리나로군요…….

올가 모스크바에서 오셨나요?

베르시닌 그렇습니다. 모스크바에서 학교를 다녔고 모스크
바에서 근무하기 시작해 오랫동안 복무했습니다. 그러다
가 여기 있는 부대를 맡게 되어 보시다시피 이렇게 왔지
요. 당신들을 똑똑히 기억하지는 못하지만, 세 자매라는
사실은 잊지 않았습니다. 이렇게 눈을 감으면 선친께선 마
치 살아 계신 듯이 제 머릿속에 그려지지요. 모스크바에
계실 때 자주 댁을 방문했습니다…….

올가 난 모든 분을 기억하고 있는 줄로 알았는데, 이렇게 뵙
고 보니…….

베르시닌 제 이름은 알렉산드르 이그나티예비치입니다…….

이리나 알렉산드르 이그나티예비치, 모스크바에서 오셨다
니……. 정말 놀랐어요!

올가 저희는 그곳으로 이사할까 해요.

이리나 가을쯤엔 모스크바에서 살게 되지 않을까요. 저희
고향인걸요, 거기서 태어났죠……. 스타라야바스만나야
울리차[7]에서요…….

7 울리차는 길(路)이라는 뜻이며, 스타라야바스만나야 울리차는 모스크

올가와 이리나, 기쁨에 겨워 웃는다.

마샤 고향 분을 뵙게 되다니 정말 뜻밖이에요. (활기차게) 이제 생각나! 그래 맞아, 올랴, 우리가 〈사랑의 소령〉이라 고 부르던 분. 그때 중위셨는데 누군가를 사랑하고 있었고 모두들 왜 그랬는지 소령이라고 놀려 댔잖아…….

베르시닌 (웃는다) 네, 네…… 사랑의 소령, 그렇습니다…….

마샤 그땐 콧수염을 기르셨었는데……. 아, 이렇게 나이 들 어 보이시다니! (눈물을 글썽이며) 이렇게 나이 들어 보이 시다니!

베르시닌 네, 사랑의 소령이라고 불릴 때만 해도 젊고 누군 가와 사랑에 빠져 있었는데. 이제는 그러지 못하네요.

올가 아니에요, 머리가 하나도 세지 않았는걸요. 나이가 더 들긴 했지만 늙진 않았어요.

베르시닌 벌써 마흔둘이랍니다. 모스크바를 떠난 지 오래되 셨나요?

이리나 11년 됐어요. 아니, 마샤, 왜 우는 거야. 오늘 참 별나 네……. (눈물을 글썽이며) 나도 울게 되잖아…….

마샤 난 괜찮아. 어디에서 사셨나요?

베르시닌 스타라야바스만나야 울리차.

올가 저희도 거기서 살았는데…….

베르시닌 한때 네메츠카야 울리차에 살았습니다. 거기서 크

바 시내 북동쪽 바스만 지구의 거리 이름이다. 18세기부터 현재까지 같은 이 름으로 불린다.

라스니예의 부대까지 걸어 다녔죠. 가는 길엔 낡고 칠이 퇴색한 다리가 하나 있는데, 다리 밑으로 요란한 소리를 내며 물이 흘렀습니다. 혼자 그 길을 걸으면 처량했어요.

사이.

베르시닌   여기에는 넓고 수량이 풍부한 강이 흐르던데요! 정말 멋진 강이더라고요!

올가   네, 그렇지만 이곳은 추워요. 춥고, 모기도 많고…….

베르시닌   웬걸요! 정말 건강하고 훌륭한 슬라브다운 기후입니다. 숲도 강도…… 그리고 자작나무들도. 소박하고 사랑스러운 자작나무, 저는 나무 중에서 자작나무를 제일 좋아하지요. 여기는 살기 좋은 곳입니다. 단지 기차역이 20베르스타나 떨어져 있어서 이상하지만 말입니다……. 아무도 이유를 모르더군요.

솔료니   내가 압니다, 이유를.

모두 그를 쳐다본다.

솔료니   기차역이 가깝다면 멀지 않아서 그렇고, 멀다면 가깝지 않아서 그렇죠.

어색한 침묵.

투젠바흐   농담도 참, 바실리 바실리치.

올가   이제야 중령님이 생각나요. 기억이 나요.

베르시닌   저는 당신 어머님도 알고 있습니다.

체부티킨   좋은 분이셨지, 천국에 계실 거야.

이리나   엄마는 모스크바에 묻혔어요.

올가   노보데비치 묘지에…….

마샤   벌써 엄마의 얼굴이 희미해져 가. 그러니 우리도 잊히겠지. 잊어버릴 거야.

베르시닌   네, 잊힐 겁니다. 그게 우리의 운명이죠. 어찌할 수 없는 일입니다. 우리가 아무리 중대하고 의미 있고 무척 소중하다고 여기는 것일지라도, 시간이 흐르면 잊히거나 시시해질 겁니다.

사이.

베르시닌   흥미로운 사실은, 앞으로 무엇을 높고 귀하게 여기게 될지, 무엇을 한심하고 우습게 여기게 될지, 지금 우리로서는 전혀 알 길이 없다는 겁니다. 코페르니쿠스나 콜럼버스의 발견은 처음에는 쓸데없고 우스꽝스럽게 여겨졌고, 괴팍한 사람이 쓴 시시한 글은 마치 진리인 양 대접받지 않았나요? 지금 우리가 너그럽게 받아들이는 이 생활도 시간이 지나면 이상하고, 불편하고, 한심하고, 어쩌면 불결할 뿐만 아니라, 심지어 죄악에 물든 삶이라 여겨질지 모릅니다…….

투젠바흐 누가 알겠습니까? 어쩌면 우리의 생활을 고상하게 보고, 존경하는 마음으로 추억해 줄지도 모르는 일 아닌가요. 지금은 고문도 사형도 약탈도 없지만 대신 얼마나 많은 시련을 겪고 있습니까!

솔료니 (가느다란 목소리로) 쫏, 쫏, 쫏……. 남작에겐 죽은 먹이지 않더라도 그저 철학만은 늘어놓게 놔둬야 하지.

투젠바흐 바실리 바실리치, 제발 내 일에는 간섭하지 말아 주시요……. (다른 자리로 가서 앉는다) 지겹군, 정말.

솔료니 (가느다란 목소리로) 쫏, 쫏, 쫏…….

투젠바흐 (베르시닌에게) 요즘 정말이지 괴로운 일들을 수없이 목격하고 있지만, 그 또한 우리 사회가 이룬 정신적 발전을 말해 주는 것이기도 합니다…….

베르시닌 네, 네, 물론입니다.

체부티킨 남작, 당신은 후인들이 우리의 생활을 고상하게 볼 거라고 말하지만, 사람이란 본래 저급하지 않소……. (일어선다) 보시오, 내가 얼마나 저급한지. 그런데도 생활이 고상하고 의미 있다고 말하는 것은 다 자기 위안일 뿐이라오.

무대 뒤에서 바이올린 소리가 들린다.

마샤 안드레이 오빠가 켜는 소리죠.

이리나 오빤 학자예요. 교수님이 될 거고요. 아빠는 군인이셨지만 그 아들은 학문의 길을 걷고 있어요.

마샤 아빠의 바람이었어.

올가   오늘 우리는 오빠 흉을 봤어요. 사랑에 빠진 것 같아서.

이리나   이 마을 아가씨랍니다. 분명히 오늘 우리 집에 올 거예요.

마샤   그 사람 옷 입는 꼴이란! 옷이 예쁘지 않은 것도 아니고 유행에 뒤처진 것도 아닌데 왠지 정말 볼품없거든. 조야한 프린지가 찰랑대는 이상하고 번쩍거리는 노란 치마에 빨간 재킷. 볼은 또 얼마나 닦고 문질러 댔는지! 안드레이는 사랑을 하고 있지 않아. 나는 인정할 수 없어. 오빠에게도 취향이 있잖아. 단지 우리를 놀려 주려고 장난삼아 그러는 거야. 어제 그 여자가 지방 자치회 의장 프로토포포프와 결혼한다는 소문을 들었는걸. 참 잘됐지, 뭐······. (옆문에 대고) 안드레이, 이리 와보세요! 오빠, 잠시만!

안드레이가 들어온다.

올가   저희 오빠, 안드레이 세르게이치예요.

베르시닌   베르시닌입니다.

안드레이   프로조로프라고 합니다. (땀이 나는 얼굴을 닦는다) 새로 부임한 부대장이신가요?

올가   알렉산드르 이그나티예비치는 모스크바에서 오셨어요.

안드레이   그렇습니까? 그럼, 제 누이들이 꽤나 귀찮게 굴 겁니다.

베르시닌   오히려 제가 세 자매분들을 싫증 나게 한걸요.

이리나   이것 좀 보세요, 오빠가 오늘 선물로 준 초상화 액자예요! (액자를 보여 준다) 직접 만들었대요.

베르시닌   (액자를 보면서 무슨 말을 해야 할지 몰라 하며) 아, 예…… 예.

이리나   피아노 위에 있는 저 액자도 오빠가 만들었어요.

안드레이, 손을 내젓고 뒤로 물러선다.

올가   우리 오빠는 학자이면서 바이올린도 켤 줄 알고, 나무를 잘라 여러 가지 물건도 만들 줄 알고, 뭐든 잘하는 대가랍니다. 안드레이, 가지 말아요! 늘 뒤로 빠지는 버릇은 여전하다니까. 이리로 오세요!

마샤와 이리나, 그의 팔을 잡고 웃으면서 끌고 온다.

마샤   여기, 이쪽으로!

안드레이   그만 놔줘.

마샤   우스꽝스럽게 왜 그러세요! 알렉산드르 이그나티예비치는 사랑의 소령이라고 불러도 전혀 화를 내지 않으셨는데.

베르시닌   그럼요!

마샤   오빠를 이렇게 부르면 어떨까, 사랑의 바이올리니스트!

이리나   아니면 사랑의 교수님…….

올가   안드류샤는 사랑에 빠졌다네! 사랑에 빠졌다네!

이리나   (박수를 치며) 브라보, 브라보! 앙코르! 안드류시카는 사랑에 빠졌다네!

체부티킨   (안드레이 뒤로 가서 그의 허리를 감싼다) 오직 사랑만을 위하여 자연은 우리를 창조하셨도다! (크게 웃는다. 손에는 여전히 신문을 들고 있다)

안드레이   그만, 그만하자고……. (얼굴을 닦는다) 밤을 꼬박 새워서 지금 정신이 하나도 없어. 새벽 4시까지 책을 읽다가 누웠지만 잠을 이루지 못했거든. 이 생각 저 생각 하다 보니 동이 트고 태양이 침실로 기어들더라고. 여름에 여기 있는 동안 영문 서적을 한 권 번역할까 해.

베르시닌   영어로 된 책을 읽으십니까?

안드레이   돌아가신 아버지는 교육열이 대단하셨습니다. 아버지가 돌아가신 후 제 몸이 그간의 압박에서 벗어나기라도 한 듯 살이 찌더니 1년 만에 이렇게 뚱뚱해져 버리지 뭡니까. 창피하고 바보 같은 소린 줄 알지만 솔직히 말하면 그렇습니다. 아버지 덕분에 저와 누이들은 프랑스어, 독어, 영어를 구사하고 이리나는 이탈리아어까지 알지요. 그렇게 공부하려니 얼마나 힘들었겠어요!

마샤   이런 도시에서 세 가지 언어를 아는 건 불필요한 사치예요. 아니, 사치라기보다 전혀 쓸모없는 여섯째 손가락 같은 거죠. 우리는 쓸데없는 걸 너무 많이 알고 있어.

베르시닌   무슨 말씀이십니까! (웃는다) 쓸데없는 걸 너무 많이 알고 있다니요! 제 생각엔, 교육받아 똑똑한 사람이 필요 없는 따분하고 우울한 도시는 있지도 않고 또 있을 수도 없습니다. 거칠고 뒤떨어진 이 도시의 주민 10만 명 가운데 여러분 같은 사람이 세 명 있다고 가정해 봅시다. 아, 물론, 그렇다고 여러분이 주위에 있는 몽매한 대중을 물리칠 순 없겠죠. 살다 보면 여러분도 10만 명의 군중에 조금씩 물들어 제 모습을 잃어버릴 수 있을 겁니다. 현실에 짓눌려서 말입니다. 그렇다고 여러분이 사라지는 건 아닙니다. 아무런 영향도 끼치지 못한다고 말할 수도 없습니다. 여러분 다음에 여러분 같은 사람이 여섯, 열둘, 점차 이렇게 더 많이 나타나서 마침내 다수가 되지 않는다고 누가 말할 수 있겠습니까. 2백 년, 3백 년 후 지상의 삶은 상상할 수 없을 만큼 아름답고 멋질 겁니다. 사람에겐 그런 삶이 필요하지요. 지금은 그렇지 않다 해도 그런 삶을 예감하고 기대하고 꿈꾸고 준비해야 합니다. 그러기 위해서 사람은 할아버지, 아버지가 보고 알았던 것보다 더 많이 보고 알아야만 하지요. (웃는다) 그런데 쓸데없는 걸 너무 많이 알고 있다고 불평하시다니요.

마샤 (모자를 벗는다) 여기서 아침을 먹겠어.

이리나 (한숨을 내쉬며) 맞아요, 방금 하신 말씀은 모두 적어둘 필요가 있겠네요……

안드레이가 보이지 않는다. 아무도 모르게 나갔다.

투젠바흐 많은 시간이 흐른 뒤에는 지상의 삶이 아름답고 멋질 거라고 하셨는데, 옳은 말씀입니다. 하지만 지금 멀리

서라도 그런 삶에 관여하려면 준비해야 합니다, 일을 해야 하지요…….

베르시닌 (일어선다) 네. 그런데 댁엔 꽃이 정말 많군요! (둘러보며) 집도 훌륭하고, 부럽습니다! 저는 평생, 의자 두 개와 소파 하나, 연기 나는 페치카밖에 없는 집들을 전전했는데. 그러니까 제 인생에 이런 꽃들은 부족했죠……. (손을 비빈다) 에이, 별소릴 다 했군요!

투젠바흐 그렇습니다. 일을 해야 해요. 여러분은 아마 독일 놈이 감상에 젖어 떠든다고 생각하시겠죠. 그러나 저는 솔직히 말씀드려 러시아 사람입니다. 독일어는 한마디도 모르고요. 제 아버지는 정교도[8]입니다…….

사이.

베르시닌 (무대를 거닌다) 저는 종종 이런 생각을 합니다. 다시 살 수만 있다면, 각성하고 다시 살 수만 있다면 어떨까. 지금까지 살아온 인생을 초고(草稿)라고 부른다면, 다시 사는 인생은 정서(淨書)라고 말할 수 있을 겁니다! 그럴 수 있다면 우리는 누구나 무엇보다 자신의 삶을 되풀이하지 않으려고 노력하리라 생각합니다. 자신을 위해 전과는 다른 삶의 환경을 꾸밀 테죠. 이 집처럼 꽃도 많고 빛도 잘 드는 집을 지을 겁니다……. 저에겐 아내와 두 딸이 있어요.

8 투젠바흐는 독일식 성씨이다. 러시아인들은 정교를 믿는 사람을 가장 뿌리 깊은 러시아인이라고 여긴다.

그런데 아내는 건강하지 못한 여자인 데다 그 밖에도, 아, 그러니 다시 살 수만 있다면 결혼하지 않을 겁니다……. 절대로, 절대!

정복을 갖춰 입은 쿨리긴이 들어온다.

쿨리긴 (이리나에게 다가간다) 처제, 명명일을 축하해. 건강하고, 원하는 일이 다 잘 이루어지기를 진심으로 바라고. 이 책을 선물로 가져왔어. (책을 준다) 내가 쓴 우리 중학교 50년사야. 할 일이 없어 쓴 보잘것없는 책이지만 한번 읽어 봐주면 좋겠어. 안녕하십니까, 여러분! (베르시닌에게) 이곳 중학교 교사 쿨리긴입니다. 7등 문관이죠. (이리나에게) 이 책에는 지난 50년간 우리 중학교를 졸업한 학생 전원의 이름이 적혀 있어. Feci quod potui, faciant meliora potentes(할 수 있는 한 노력했으니, 더 잘 쓸 수 있으면 아무나 해보라지). (마사에게 입맞춤한다)

이리나 지난 부활절에도 이 책을 주셨어요.

쿨리긴 (웃는다) 그럴 리가! 그렇다면 돌려줘, 부대장님께 드리지. 받으시죠, 부대장님. 심심하실 때 읽으시겠어요?

베르시닌 감사합니다. (떠나려고 한다) 만나 뵙게 되어 대단히 반가웠습니다…….

올가 가시려고요? 아니, 그러지 마세요!

이리나 함께 식사해요, 부탁드려요.

올가 부탁드려요!

베르시닌 (고개를 숙인다) 명명일인가 봅니다. 그런 줄도 모르고 실례했습니다, 축하도 못 드리고……. (올가와 함께 홀로 나간다)

쿨리긴 여러분, 오늘은 일요일입니다. 쉬는 날이니 푹 쉬면서 나이와 처지에 맞게 각자 즐기죠. 카펫은 여름에는 거둬서 겨울까지 치워 둬야 하는 법입니다……. 페르시아 가루나 나프탈렌을 넣고 말이죠……. 로마인들은 일하면서 쉴 줄도 알았기 때문에 건강했습니다. 그들에겐 mens sana in corpore sano(건강한 정신은 건강한 몸에 깃든다) 정신이 있었어요. 그들은 일정한 형식에 맞춰 생활했죠. 우리 교장 선생님은 인생에서 가장 중요한 것이 바로 그런 형식이라고 말씀하십니다……. 자기 형식을 잃으면 끝장나요. 우리 일상생활에서도 마찬가지죠. (마샤의 허리를 안고 웃으며) 마샤는 나를 사랑해. 아내는 나를 사랑해 주죠. 창문의 커튼도 카펫과 함께 치워야 하지……. 오늘은 기분이 좋아, 아주 유쾌해. 마샤, 오늘 4시에 교장 선생님께 가야지, 가족 동반 교사들 야유회가 열리니까.

마샤 가지 않겠어요.

쿨리긴 (애처롭게) 여보, 마샤, 왜?

마샤 이따 얘기해요……. (화를 낸다) 좋아요, 가죠. 그러니 제발 떨어지세요……. (물러선다)

쿨리긴 야유회에 갔다가 교장 선생님 댁에서 열리는 파티에도 가는 거야. 그분은 병환 중임에도 사회생활을 중요하게 여기시거든. 밝고 고매한 인격자이시지. 위대한 분이셔.

어제도 회의를 마친 후〈피곤하군, 표도르 일리치 선생, 지 쳤어!〉라고 말씀하시더군. (벽시계를 보고, 자기 회중시계를 본다) 시계가 7분 빠르군요. 그래, 피곤하다고 하셨어.

무대 뒤에서 바이올린 소리가 들린다.

올가 여러분, 이리로 오셔서 식사하세요! 파이도 있어요!

쿨리긴 아, 처형, 상냥하셔라! 어젠 아침부터 밤 11시까지 일해서 피곤했는데 오늘은 행복한걸. (홀의 식탁 쪽으로 나 간다) 상냥하셔라…….

체부티킨 (신문을 주머니에 집어넣고 수염을 어루만진다) 파이 라고? 훌륭한데!

마샤 (체부티킨에게 엄격하게) 오늘은 술을 마시지 마세요. 아시겠죠? 술은 해로워요.

체부티킨 아이코! 예전에나 그랬지. 지난 2년 동안 술을 많 이 마신 적은 없네. (돌연) 에이, 이봐, 꼭 그럴 건 없잖아!

마샤 그래도 마시면 안 돼요. 절대로요. (화가 나서, 그러나 남편이 듣지 못하도록) 지겨워, 저녁 내내 또 교장 집에 가 있어야 한다니!

투젠바흐 제가 당신이라면 가지 않을 겁니다…….. 어려운 일 도 아닌데.

체부티킨 가지 말아요, 마샤.

마샤 가지 말라고요……. 이런 생활, 진저리 나고 참을 수가 없어……. (홀로 간다)

체부티킨   (뒤따라간다) 후유!

솔료니   (홀로 들어가며) 쯧, 쯧, 쯧······.

투젠바흐   그만하시지, 바실리 바실리치. 그만!

솔료니   쯧, 쯧, 쯧······.

쿨리긴   (명랑하게) 부대장님, 건강을 위하여. 저는 교육자입니다. 그리고 이 집안 사람이죠, 마샤의 남편입니다······. 마샤는 정말 착한, 착한 아내랍니다······.

베르시닌   이 독한 보드카를 마시겠습니다······. (마신다) 당신의 건강을 위하여! (올가에게) 여기 댁에 오니 무척 좋습니다······!

응접실에는 이리나와 투젠바흐만 남는다.

이리나   마샤는 오늘 기분이 좋지 않아요. 언니는 열여덟 살에 결혼했지요. 그땐 쿨리긴이 가장 똑똑한 줄 알았던 거예요. 하지만 지금은 아니에요. 그는 친절하기는 하지만 똑똑하진 않지요.

올가   (급하게) 안드레이, 어서 오세요!

안드레이   (무대 뒤에서) 그래, 알았어. (들어와 식탁으로 간다)

투젠바흐   무슨 생각을 하시나요?

이리나   그냥. 저는 당신과 함께 온 저 솔료니가 무섭고 싫어요. 이상한 말만 하고······.

투젠바흐   괴팍한 사람이긴 합니다. 그를 보면 안됐기도 하고 짜증 나기도 합니다만, 안됐다는 마음이 더 많이 듭니다.

부끄럼을 많이 타는 사람이죠……. 나와 단둘이 있을 때는 현명하고 부드러운 편인데, 사람들과 함께 있으면 거칠고 사나워지네요. 가지 말아요, 잠시 식탁에 앉아들 있으라고 하죠. 잠깐이라도 당신 옆에 있게 해주세요. 무슨 생각을 하시나요?

사이.

투젠바흐 당신은 스무 살이고 나는 아직 서른이 되지 않았습니다. 우리 앞에 얼마나 많은 시간이 남아 있나요. 그렇게 길고 긴 날들을 당신을 향한 나의 사랑으로 채워서…….

이리나 니콜라이 리보비치, 사랑 얘긴 하지 말아 주세요.

투젠바흐 (듣지 않고) 나는 삶과 투쟁과 노동을 열정적으로 갈망합니다. 내 마음속에서 이 갈망이 당신을 향한 사랑과 합쳐져요. 이리나, 당신은 어쩌면 그렇게 아름다운가요. 그래서 인생도 이토록 아름다워 보이나 봅니다! 당신은 무슨 생각을 하시나요?

이리나 인생이 아름답다고 하셨나요. 그래요, 하지만 그렇게 보이는 것일 뿐이라면요! 우리 세 자매에게 인생은 아름답지 않았어요. 아니, 잡초처럼 우리를 억눌렀지요……. 눈물을 흘리다니, 이럴 것까진 없는데……. (얼른 얼굴을 닦고 미소를 짓는다) 일을 해야죠, 일을 해야 해요. 우리는 노동을 모르기 때문에 우울해하고 인생을 어둡게 보는 거예요. 노동을 무시하는 집안에서 태어났으니까요…….

나탈리야 이바노브나가 들어온다. 진한 빨강 드레스에 초록색 벨트를 맸다.

나타샤　벌써 식탁에 앉아들 계시네……. 내가 늦었나 봐……. (얼른 거울을 보고 옷매무새를 가다듬는다) 머리는 괜찮은 것 같은데……. (이리나를 발견하고) 어머, 이리나 세르게예브나, 축하해요! (길고 진하게 입맞춤한다) 손님들이 많으시네요, 수줍어서 어쩌나……. 안녕하세요, 남작님!

올가　(응접실로 나오면서) 이런, 나탈리야 이바노브나도 오셨네. 안녕하세요, 어서 오세요!

　두 사람, 입맞춤한다.

나타샤　축하드려요. 사람들이 많네요, 난 어쩜 좋죠…….

올가　괜찮아요, 다 아는 사이인데요. (작은 소리로, 놀라서) 초록색 벨트를 매셨네요! 이건 아닌데!

나타샤　그러면 안 되나요?

올가　아뇨, 그냥 어울리지 않아서…… 좀 이상해 보여서…….

나타샤　(우는소리로) 그래요? 그렇지만 튀는 초록색은 아닌데. (올가를 따라서 홀로 간다)

　모두 홀에서 식사를 한다. 응접실에는 아무도 없다.

쿨리긴　이리나, 좋은 신랑감이 나타나길 바라. 처제도 이제 결혼할 나이가 됐지.

체부티킨 나탈리야 이바노브나, 당신에게도 결혼할 사람이
생기길 바라겠소.

쿨리긴 나탈리야 이바노브나에겐 남편감이 이미 있답니다.

마샤 (포크로 접시를 두드린다) 저 와인 한잔 하겠어요! 캬-
아, 달콤한 인생, 될 대로 돼라!

쿨리긴 당신 품행은 마이너스 3점이야.

베르시닌 과실주 맛이 좋습니다. 무엇으로 담그셨나요?

솔료니 바퀴벌레.

이리나 (우는소리로) 푸! 푸! 어휴, 징그러워…….

올가 저녁 식사엔 칠면조구이와 달콤한 사과파이를 준비했
어요. 고맙게도 전 종일 집에 있을 수 있답니다, 저녁에도
집에……. 여러분, 저녁때도 오세요.

베르시닌 저도 저녁에 와도 될까요?

이리나 그럼요.

나타샤 이 댁 분들은 격식을 따지지 않고 소탈하세요.

체부티킨 오직 사랑만을 위하여 자연은 우리를 창조하셨도
다. (웃는다)

안드레이 (화를 내며) 그만 좀 하시죠! 지치지도 않으십니까.

페도티크와 로데, 커다란 꽃바구니를 들고 들어온다.

페도티크 벌써 식사들 하시는데.

로데 (크지만 웅얼거리는 소리로) 식사를? 그래, 식사 중이

시군…….

페도티크 잠깐만! (사진을 찍는다) 한 번 더! 그대로 있으라고……. (사진을 한 장 더 찍는다) 두 장! 이제 됐어!

두 사람, 꽃바구니를 들고 홀로 들어간다. 모두들 두 사람을 떠들썩하게 맞는다.

로데 (큰 소리로) 축하드립니다, 모든 일이 잘 풀리길 빕니다! 오늘 날씨는 환상적이죠, 멋진 날입니다. 아침 내내 중학생들과 산책을 했습니다. 중학교에서 체조를 가르치거든요…….

페도티크 이제 움직이셔도 됩니다, 이리나 세르게예브나, 네 괜찮습니다! (사진을 찍으면서) 즐거우시죠. (주머니에서 팽이를 꺼낸다) 보세요, 여기 팽이가 있습니다……. 소리가 굉장합니다…….

이리나 멋져요!

마샤 바닷가기슭 푸른 참나무, 그 참나무에 황금 사슬…… 그 참나무에 황금 사슬……. (울먹이며) 왜 자꾸 이 노랠 부르게 될까? 아침부터 이 구절이 머리에서 떠나지 않아…….

쿨리긴 식탁에 모두 열세 사람입니다!

로데 (큰 소리로) 여러분도 이런 미신에 의미를 두시나요?

웃음.

쿨리긴   식탁에 열세 사람이 있다면 그중엔 사랑에 빠진 사람이 있다는 뜻인데요. 설마, 이반 로마노비치, 당신인가요…….

웃음.

체부티킨   나야 늙은 죄인이지. 아, 그런데 나탈리야 이바노브나가 왜 이렇게 당황하시나, 아하, 모르겠네.

커다란 웃음소리. 나타샤가 홀에서 응접실로 뛰쳐나간다. 안드레이가 뒤따라간다.

안드레이   괜찮아요, 마음 쓰지 말아요! 잠깐만…… 기다려요…….

나타샤   창피해요……. 어색해서 어쩔 줄 몰랐는데, 저를 웃음거리로 만들잖아요. 제가 예의 없이 식탁에서 벗어났다는 건 알지만 어쩔 수 없었어요……. 어쩔 수가……. (두 손으로 얼굴을 가린다)

안드레이   나타샤, 제발, 아무 걱정도 하지 말아요. 저 사람들은 좋은 뜻으로 농담한 거예요. 사랑하는 나타샤, 저들은 선하고 상냥한 사람들이고 당신과 나를 좋아해요. 여기 창문 쪽으로 와요. 여기에 있으면 사람들이 우릴 볼 수 없지요……. (둘러본다)

나타샤   여러 사람과 함께 있는 데 익숙하지가 않아서……!

안드레이   아, 젊음, 경이롭고 아름다운 젊음이여! 내 사랑 나
타샤, 걱정 말아요……! 나를 믿어요, 나를……. 마음속에
사랑과 환희가 가득 차 얼마나 좋은지 모르겠어……. 괜찮
아요, 우릴 볼 수 없어요! 볼 수 없어요! 어떻게, 어떻게 내
가 당신을 사랑하게 됐는지, 언제부터 사랑하게 됐는지,
오, 정말 알 수 없는 일이야. 나의 사랑, 아름답고 청순한
나타샤, 결혼해 줘요! 당신을 사랑해, 사랑해…… 누구보다
도 사랑해…….

두 사람, 입을 맞춘다.

장교 둘이 들어오다가, 입맞춤하는 한 쌍을 보고 놀라서 멈춰
선다.

막이 내린다.

제2막

1막과 같은 무대. 저녁 8시. 무대 뒤 거리에서 아코디언 소리가 아련하게 들려온다. 불이 꺼져 있다.

실내복 차림의 나탈리야 이바노브나가 촛불을 들고 들어와서, 안드레이 방으로 가는 문 앞에 멈춰 선다.

나타샤 안드류샤, 당신 뭘 하고 있나요? 책을 읽나요? 아무 것도 아니에요, 나는 그냥……. (걸음을 옮겨 다른 문을 열고 안을 둘러보고는 닫는다) 불이 꺼졌나 해서…….

안드레이 (손에 책을 들고 나온다) 나타샤, 무슨 일이오?

나타샤 불이 꺼졌나 보고 있어요……. 마슬레니차[9] 기간이라 하녀들도 들떠 있어서 아무 일 없는지 둘러보고 또 둘러봐야 해요. 어제도 한밤중에 식당에 가보니 촛불이 타고 있

9 사순절 전 일주일 동안 열리는 봄맞이 축제로 러시아의 전통이다.

지 않겠어요. 누가 켜놨는지 아무리 물어봐도 알 수가 있어야죠. (초를 세운다) 지금 몇 시예요?

안드레이 (시계를 보고) 8시 15분.

나타샤 올가와 이리나는 아직 돌아오지 않았네. 아직 안 왔어요. 불쌍하게도 늘 일에 시달리니. 올가는 교사회에, 이리나는 전신국에…… (한숨을 쉰다) 오늘 아침 아가씨에게 말했어요. 〈이리나 아가씨, 건강을 챙겨야 해요〉 하고 말이죠. 그래도 말을 듣질 않네요. 8시 15분이라고 했나요? 우리 보비크가 건강이 좋지 않아서 걱정이에요. 왜 그렇게 몸이 찬지. 어제는 열이 있었는데, 오늘은 온몸이 차더라고요……. 정말 걱정이야!

안드레이 괜찮소, 나타샤, 아기는 건강해.

나타샤 어쨌든 식이 요법은 써야겠어요. 걱정이에요. 오늘 9시 넘어서 가면무도회 사람들이 우리 집에도 오겠다던데, 오지 않았으면 좋겠어요, 안드류샤.

안드레이 그래? 모르는 일인데, 누이들이 불렀나.

나타샤 오늘 아가가 아침에 눈을 뜨더니 나를 보곤 살짝 웃지 않겠어요. 알아보나 봐. 〈까꿍! 보비크, 안녕, 까꿍!〉 해 줬더니 활짝 웃더라고요. 아가들도 알지요, 알아들어요. 안드류샤, 가면무도회 사람들을 집에 들이지 말라고 할까 봐요.

안드레이 (머뭇거린다) 그래도 누이들이 그랬다면. 누이들 집인데.

나타샤 아가씨들도 수긍할 거예요. 내가 말하죠, 뭐. 아가씨들은 착하니까…… (걷는다) 저녁 식사엔 요구르트를 준비하라고 해뒀어요. 의사 선생님이 당신은 요구르트만 먹어야 한다고, 안 그러면 살이 빠지지 않는다고 그랬어요. (멈춰 선다) 보비크는 몸이 차요. 방이 추워서 그런지, 정말 걱정이에요. 날이 풀릴 때까지 다른 방으로 옮기면 좋겠는데. 이리나의 방이 아가한테 딱 좋을 것 같아요. 종일 해가 들어 습하지도 않고. 아가씨에게 말해야겠어요, 당분간 올가 아가씨와 한방에서 지내면 될 테니까…… 낮에는 집에 없고 밤에 잠만 잘 뿐이니……

사이.

나타샤   안드류샨치크, 왜 아무 말도 없어요?

안드레이   아니, 생각 좀 하느라고…… 할 말도 없고…….

나타샤   네……. 참, 당신에게 전할 말이 있었는데……. 그래, 맞아. 자치회 수위 페라폰트가 와 있어요, 당신에게 물어볼 게 있대요.

안드레이   (하품을 한다) 그럼 부르지.

나타샤, 나간다. 안드레이, 나타샤가 두고 간 촛불 쪽으로 몸을 숙이고 책을 본다. 페라폰트 등장. 깃을 세운 외투를 입었고, 양쪽 귀에 붕대를 감았다.

안드레이   어서 오게, 할 말이 있다고?

페라폰트 의장님께서 책자와 서류를 보내셨습니다. 여기…….

(책자와 봉투를 내놓는다)

안드레이 그래, 수고했네. 그런데 왜 이렇게 늦게 왔나? 9시
가 다 되어 가는데.

페라폰트 뭐라고 하셨습니까?

안드레이 (더 큰 소리로) 늦게 왔다고, 벌써 9시가 다 되어 가
는데.

페라폰트 그렇습니다. 어두워지기 전에 도착했지만, 들여보
내 주질 않아서요. 나리께서 바쁘시다고 하더라고요. 그럼
어쩔 수 없죠. 바쁘신 분은 바쁘신 거고, 저야 서두를 것도
없고 해서요. (안드레이가 뭔가를 물어본다고 생각하고) 뭐
라고 하셨나요?

안드레이 아무것도 아냐. (책자를 들춰 본다) 내일은 금요일
이라 관공서는 휴무지만 나는 나가서…… 일해야겠어. 집
에 있으려니 답답해서…….

사이.

안드레이 할아범, 세상이 이상하게 변하더니 이젠 사람을 속
이더군! 오늘 할 일도 없고 따분해서 이 책을 꺼내 봤는데,
오래전 대학 교재를 말이야, 우습더군……. 맙소사, 내가
지방 자치회 서기라니, 그것도 프로토포포프가 의장으로
있는 기관의 서기라니. 이제 내가 바랄 수 있는 가장 큰 일
은 지방 자치회 위원이 되는 거야. 밤마다 모스크바 대학

의 교수, 러시아 땅이 자랑하는 저명한 학자가 되기를 꿈꾸던 내가 이제는 지방 자치회 위원 자리라도 얻길 바라다니!

페라폰트   무슨 말씀인지 모르겠습니다……. 제가 잘 듣지 못해서…….

안드레이   할아범 귀가 밝아서 잘 들을 수 있다면 이런 소리를 하지도 않았을 거야. 누구하고든 이야기하고 싶지만, 아내는 이해하지 못하고, 여동생들은 왠지 두렵고. 나를 비웃고 수치스러워할까 봐 두렵거든……. 나는 술을 못 마시고 술집도 좋아하지 않지만, 할아범, 모스크바의 테스토프[10]나 볼쇼이 모스콥스키 같은 데 앉아 있다면 정말 즐거울 거야.

페라폰트   모스크바에서 일어난 일인데요, 최근 자치회의 도급을 맡은 업자가 해준 이야기입니다. 상인들이 블린[11]을 먹었는데, 마흔 개를 먹은 사람이 죽었다지 뭡니까. 마흔 개가 아니라 쉰 개였던가. 잘 기억나진 않습니다만.

안드레이   모스크바에서 레스토랑의 큰 홀에 앉아 있으면, 아무도 알지 못하거니와 누구도 알아보는 사람이 없는데도 전혀 어색하지 않지. 그런데 여기에서는 모두 다 알고 지내는데도, 낯설고 어색해……. 그저 타인에 불과하니, 외로워.

---

10 당시 모스크바에서 유명한 술집을 여럿 운영하던 이반 야코블레비치 테스토프(1833~1913)의 식당.
11 러시아식 팬케이크.

페라폰트 뭐라고 하셨나요?

사이.

페라폰트 도급업자가 또 말했는데요, 어쩌면 거짓말인지도
모르겠지만, 모스크바 전체를 가로질러 굵은 밧줄이 쳐져
있대요.
안드레이 뭘 하려고?
페라폰트 저야 모르죠. 도급업자가 한 말이니까요.
안드레이 바보 같은 소리. (책자와 봉투를 본다) 모스크바에
가본 적이 있나?
페라폰트 (조금 있다가) 없습니다. 그럴 기회가 없었지요.

사이.

페라폰트 가봐도 될까요?
안드레이 그래, 잘 가게.

페라폰트, 떠난다.

안드레이 잘 가게. (책자와 봉투를 보며) 내일 아침 여기 와서
이 서류를 들고 가야겠군……. 가보게…….

사이.

안드레이 가버렸군.

현관 종소리.

안드레이 그래, 일거리라……. (기지개를 켜고 천천히 걸어서 자기 방으로 들어간다)

무대 뒤에서 유모가 아기를 달래며 부르는 노랫소리가 들린다. 마샤와 베르시닌이 들어온다. 두 사람이 이야기를 나누는 동안 하녀가 램프와 초에 불을 붙인다.

마샤 모르겠어요.

사이.

마샤 모르겠어요. 습관은 정말이지 무시할 수 없나 봐요. 아버지가 돌아가신 뒤 우리 집에 더 이상 군인들이 없다는 사실에 익숙해지지 않거든요. 아니, 습관 탓도 있겠지만 제 안에 서린 억울함 때문에 그런지도 모르겠어요. 다른 지역에서는 어떤지 모르겠지만, 이 도시에서 가장 괜찮고 고상하고 반듯한 사람은 바로 군인이지요.

베르시닌 목이 마릅니다, 차라도 마시면 좋겠는데.

마샤 (시계를 보고) 곧 내올 거예요. 저는 열여덟 살에 결혼했답니다. 남편을 무서워했죠, 남편은 교사이고 저는 막

학교를 졸업한 참이었거든요. 그땐 남편이 무척이나 똑똑하고 지적인 줄 알고 대단하게 여겼어요. 하지만 지금은, 유감스럽게도 그렇지 않아요.

베르시닌 아…… 네.

마샤 남편 이야기만은 아니에요. 저는 이제 그이에게 익숙하죠. 군인이 아닌 사람들 가운데에는 조잡하고 정중하지도 반듯하지도 못한 자들이 아주 흔해요. 그런 조잡한 모습을 보고 있자면 화가 나고 수치스러워진답니다. 섬세하지도 온화하지도 못하면서 겉으로 친절하기만 한 사람들을 보고 있으면 고통스러워요. 어쩌다가 남편의 동료 교사들과 함께 있기라도 하면 괴로워서 어찌해야 할지 모르겠어요.

베르시닌 그러시군요……. 하지만 저는 적어도 이 도시에서는 민간인이나 군인이나 재미없기는 마찬가지라고 생각합니다. 마찬가지죠! 민간인이든 군인이든 이 지역 인텔리라는 사람들이 하는 말을 들어 보면, 아내 때문에 고달프고, 집 때문에 고달프고, 영지 때문에 고달프고, 말(馬)들 때문에 고달프고……. 러시아 사람들은 특별히 고상한 사색을 하는 경향이 있다고들 하는데, 도대체 왜, 현실에서는 그렇게 저급한 일에 매달릴까요? 왜?

마샤 왜 그럴까요?

베르시닌 도대체 왜 자식 때문에 괴로워하고, 아내 때문에 괴로워하는 걸까요? 자식도 아내도 왜 아버지나 남편 때문에 고통받아야 합니까?

130

마샤 오늘 기분이 좀 좋지 않으신가 봐요.

베르시닌 아마 그런지도 모르겠습니다. 오늘 식사를 못 했습
니다, 아침부터 아무것도 먹지 못했죠. 딸이 좀 아픕니다,
아이들이 아프면 불안해져요. 아이들 엄마라는 사람이 그
래서 그런가 하고, 저도 가책을 느끼지요. 아, 당신이 오늘
그 사람을 봤다면! 어떻게 그런 사람이 다 있는지! 아침
7시부터 말다툼을 하다가, 9시에 문을 꽝 닫고 나와 버렸
습니다.

사이.

베르시닌 지금까지 한 번도 이런 말을 밖에서 해본 적 없는
데, 이상하군요. 당신에겐 불평을 늘어놓고 있으니. (손에
입을 맞춘다) 화를 내진 말아 주세요. 당신 말고는 아무도,
아무도 없습니다⋯⋯.

사이.

마샤 페치카에서 무슨 소리가 나요. 아버지가 돌아가시기
직전에도 굴뚝에서 소리가 났는데. 바로 이런 소리가.

베르시닌 미신을 믿으시나요?

마샤 네.

베르시닌 이상한 일이로군요. (손에 입을 맞춘다) 당신은 우
아하고 경이로운 여인입니다. 우아하고 경이로워요! 여기

는 어둡지만, 당신의 빛나는 눈동자를 볼 수 있습니다.

마샤 (자리를 옮겨 다른 의자에 앉는다) 이곳은 밝아요…….

베르시닌 사랑합니다, 사랑합니다, 사랑합니다……. 당신 눈
동자, 당신 모습을 사랑합니다. 꿈속에서도 봅니다……. 우
아하고 경이로운 여인이여!

마샤 (조용히 웃는다) 그렇게 말씀하시니, 겁이 나면서도 왠
지 웃게 되네요. 또 그러진 마세요, 제발……. (낮은 소리로)
그렇지만 말씀하셔도 돼요, 어차피 마찬가지 아닌가요…….
(두 손으로 얼굴을 가린다) 어차피 마찬가지죠. 누가 오나
봐, 다른 이야기 해요…….

이리나와 투젠바흐, 홀을 지나 등장한다.

투젠바흐 내 성(姓)은 셋으로 이루어져 있습니다. 투젠바
흐-크로네-알트샤우어 남작이라고 부르죠. 그렇지만 나
는 러시아 사람이고, 당신처럼 정교도입니다. 독일 사람의
성격은 거의 남아 있지 않아요. 굳이 남아 있는 걸 말한다
면 인내심과 고집 정도. 그래서 매일 이렇게 당신을 바래
다주면서 귀찮게 하는지도 모릅니다.

이리나 너무 피곤해!

투젠바흐 앞으로도 매일 저녁 전신국에 가서 당신을 집까지
바래다줄 겁니다. 10년이고 20년이고 당신이 쫓아내지 않
는 한 계속 말입니다……. (마샤와 베르시닌을 보고, 반갑게)
당신들이시군요? 안녕하십니까.

이리나 드디어 집에 왔어. (마샤에게) 아까 어떤 여자가 와서, 오늘 아들이 죽었다고 사라토프에 사는 형제에게 전보를 치겠다는 거야. 그런데 주소를 기억하지 못하겠다고 하지 않겠어. 그래서 주소도 없이 그냥 사라토프라고 적어 보냈지. 그러고는 여자가 우는 거야. 난 〈지금 바빠요〉 하고 아무 이유도 없이 사납게 굴었어. 바보 같은 짓을 했나 봐. 가면무도회 사람들이 오늘 우리 집에 올까?

마샤 그래.

이리나 (소파에 앉는다) 쉬어야겠어. 피곤해.

투젠바흐 (미소 지으며) 당신은 직장에서 돌아오면 아주 작고 불행해 보입니다……

사이.

이리나 피곤해. 전신국이 싫어, 정말 싫어.

마샤 많이 말랐어……. (휘파람을 분다) 더 어려 보이고, 얼굴은 남자애 같아지고.

투젠바흐 머리 모양 때문에 그럴 겁니다.

이리나 다른 직장을 구해야겠어. 전신국 일은 맞지 않아. 내가 그토록 바라고 꿈꾸던 것은 찾아볼 수 없다니까. 시(詩)도 사상도 없는 단순 노동일 뿐이야……

쿵쾅거리는 발소리.

이리나   의사 선생님이시네. (투젠바흐에게) 저기, 대답 좀 해
줄래요. 난 피곤해서…… 못 하겠어요…….

투젠바흐, 바닥을 구른다.

이리나   금방 오실 거야. 무슨 수를 내든 해야지 안 되겠어.
어제도 의사 선생님하고 안드레이 오빠가 클럽에서 카드
놀이로 돈을 잃었대. 안드레이는 2백 루블이나 잃었다는
거야.

마샤   (냉정하게) 이제 와서 어쩌겠어!

이리나   2주 전에도 잃었고 12월에도 잃었잖아. 차라리 모든
것을 잃고 이 도시를 떠나면 좋겠어. 아아, 나는 매일 밤 모
스크바 꿈을 꿔, 미친 사람처럼 말이야. (웃는다) 6월에는
거기로 이사할 텐데, 6월까진 아직…… 2월, 3월, 4월,
5월…… 아직 반년이나 남았어!

마샤   오빠가 노름으로 돈을 잃고 있다는 걸 어떻게든 나타
샤가 모르게 해야 돼.

이리나   그러거나 말거나 그 여자는 신경 안 쓸걸.

체부티킨, 침대에서 막 일어나―그는 식사 후 쉬고 있었다―
홀에 들어와서 수염을 쓰다듬고 식탁에 앉아 호주머니에서 신문
을 꺼낸다.

마샤   나오셨군요……. 저분, 방값은 지불했나?

이리나 (웃는다) 아니, 여덟 달 동안 한 푼도 내지 않았어. 잊 어버리셨나 봐.

마샤 (웃는다) 그러고도 당당하게 앉아 계신 것 좀 봐!

모두, 웃는다. 사이.

이리나 왜 아무 말씀 없으세요, 알렉산드르 이그나티예 비치?

베르시닌 모르겠습니다. 차를 마시고 싶군요. 차를 마실 수 있다면 목숨의 절반이라도 내놓겠습니다! 아침부터 아무 것도 먹지 못했거든요…….

체부티킨 이리나 세르게예브나!

이리나 왜 그러세요?

체부티킨 이리로 좀 와요. Venez ici(여기로 와요).

이리나, 가서 식탁에 앉는다.

체부티킨 그대가 없으면 난 안 된다니까.

이리나, 카드를 늘어놓고 패를 뗀다.

베르시닌 어쩔 수 없군! 차를 내주지 않으니, 우리 철학이나 논해 봅시다.

투젠바흐 그럴까요. 무슨 문제가 좋겠습니까?

베르시닌   무슨 문제가 좋을까…… 꿈을 꿔보는 건 어떨까요. 이를테면 우리가 죽고 2백 년이나 3백 년 뒤에 사람들은 어떻게 살지…….

투젠바흐   무슨 일이 벌어질까요? 우리가 죽은 뒤 사람들은 기구를 타고 날아다닐 겁니다. 양복 모양도 달라지겠죠. 어쩌면 오감을 넘어서는 이른바 여섯째 감각을 일깨워 발달시킬지도 모르죠. 그렇지만 인생은 다를 바 없을 겁니다. 고단하고, 알 수 없는 일들이 가득하고, 때로 행복하기도 한 인생. 1천 년 후에도 사람들은 여전히 〈아, 인생은 고달파〉 하며 한숨을 내쉴 겁니다. 그러면서 지금과 마찬가지로 죽음을 두려워하고 죽지 않으려 하겠죠.

베르시닌   (잠시 생각한 뒤) 어떻게 말해 볼 수 있을까요? 지상의 모든 것은 점차 변해야 한다고 봅니다. 실제로 바뀌어 가는 모습을 우리가 보고 있지 않나요. 2백 년, 3백 년, 아니 1천 년 뒤, 이런 기간은 문제가 아니고요. 새롭고 행복한 인생이 다가올 겁니다. 물론 우리는 그런 인생을 살수 없겠죠. 그럼에도 그런 인생을 위해 지금 일하며 살고, 아, 또, 고생도 합니다. 그런 인생을 창조해 가고 있는 겁니다. 이게 바로 우리가 사는 목적이고, 우리 행복도 거기에 있겠죠.

마샤, 조용히 웃는다.

투젠바흐   왜 그러시죠?

마샤 모르겠어요. 오늘은 아침부터 하루 종일 웃음이 나오네요.

베르시닌 나는 당신도 다닌 학교를 나왔지만, 대학엔 가지 않았습니다. 책은 많이 읽지만 고를 줄 모르기 때문에 전혀 필요 없는 책을 읽고 있는지도 모릅니다. 그렇지만 살면 살수록 더 많은 것을 알고 싶어지더군요. 머리가 하얗게 세고 늙어 가는데도 아는 게 별로 없어요, 정말 아는 게 없습니다! 그래도 진짜 중요하고 참된 사실은 압니다, 분명히 알죠. 당신에게 증명할 수 있습니다. 행복은 없다, 행복할 수도 없고 행복해질 수도 없다는 것 말입니다……. 우리는 오직 일하고 또 일해야 할 뿐입니다. 행복이란 먼 후손들의 몫입니다.

사이.

베르시닌 내가 아니라 내 자식의 자식들에게나.

페도티크와 로데, 홀에 나타난다. 두 사람이 앉아서 기타를 튕기며 조용히 노래를 부른다.

투젠바흐 당신 말씀대로라면 행복은 꿈도 꿀 수 없는 거로군요! 하지만 제가 행복하다면!

베르시닌 아닐걸요.

투젠바흐 (손뼉을 딱 치고 나서 웃으며) 분명히 우리는 서로를 이해하지 못하고 있습니다. 어떻게 당신을 납득시킬 수 있을까요?

마샤, 조용히 웃는다.

투젠바흐　(손가락으로 마샤를 가리키며) 웃으시죠! (베르시닌에게) 2백 년이나 3백 년 뒤, 아니 1백만 년 뒤에도 인생은 다르지 않을 겁니다. 인생은 변하지 않고 늘 그대로 계속될 겁니다. 당신과는 관계가 없는, 적어도 당신은 도저히 알 수 없는 인생 고유의 법칙에 따라서 말이죠. 두루미 따위의 철새가 날아가고 있다고 해볼까요. 그런 새들은 머릿속에서 사상이, 고상하건 저급하건 어떤 사상이 굴러다닌다고 해도, 왜, 어디로 나는지 알지 못하고도 계속 날아갈 겁니다. 그들 가운데 어떤 철학자가 나타난대도 전혀 개의치 않고 날고 또 날아갈 테죠. 철학이라, 맘대로 늘어놓아라, 그래도 날아가야 하니까, 하면서 말이죠…….

마샤　그래도 의미라는 게 있지 않을까요?

투젠바흐　의미라……. 지금 눈이 내리고 있습니다. 여기에 무슨 의미가 있겠습니까?

사이.

마샤　사람에겐 믿음이 있어야 한다고 생각해요. 없다면 믿음을 찾아야죠. 그러지 않으면 사람의 인생은 허무하고 또 허무할 뿐이니까요……. 왜 두루미가 나는지, 왜 아이들이 태어나는지, 왜 하늘에 별들이 많은지 알지 못하고 산다는 것은……. 무엇을 위해서 사는지 알거나, 아니면 죄다 하찮고 덧없다고 여기거나.

사이.

베르시닌 아무튼 젊은 시절이 다 지나 아쉬울 뿐이지…….
마샤 고골[12]의 작품에 이런 말이 나오죠. 〈여러분, 이 세상에서 사는 것은 무척 따분하군요!〉
투젠바흐 저는 이렇게 말하겠습니다. 여러분, 당신들과 입씨름하는 것은 무척 힘들군요! 당신들은 정말…….
체부티킨 (신문을 읽는다) 발자크는 베르디치우에서 결혼을 했다.[13]

이리나, 조용히 노래를 부른다.

체부티킨 이것도 수첩에 적어 둬야겠어. (적는다) 발자크는 베르디치우에서 결혼을 했다. (신문을 읽는다)

12 Nikolai Vasilievich Gogol(1809~1852). 러시아의 리얼리즘 문학을 연 작가.
13 프랑스 소설가 오노레 드 발자크Honoré de Balzac(1799~1850)는 1850년 3월 14일 우크라이나의 베르디치우에서 한스카 백작 부인과 결혼했다. 발자크는 서른세 살이던 1933년에 한스카 백작 부인을 처음 만나 오랫동안 구애하다가 부인의 남편이 세상을 떠난 후 쉰한 살 나이에 마침내 성 바르바리 교회에서 결혼식을 올렸으나 다섯 달 뒤 세상을 떠났다.

이리나 (늘어놓은 카드를 만지작거리며, 생각에 잠긴 채) 발자크는 베르디치우에서 결혼했다.

투젠바흐 주사위는 던져졌습니다. 아시겠지만, 마리야 세르게예브나, 저는 퇴역할 겁니다.

마샤 들었어요. 그렇지만 잘하는 일이라고 생각하진 않아요. 민간인은 좋아하지 않거든요.

투젠바흐 상관없습니다……. (일어선다) 저 같은 사람이 무슨 군인입니까? 뭐, 아무튼 상관없습니다……. 일을 할 겁니다. 평생 단 하루라도, 저녁에 지친 채 집으로 돌아가 침대에 쓰러져 곧장 잠이 들 정도로 일을 해보려고 합니다. (홀로 나가면서) 노동자들은 아마 잠을 푹 잘 거야!

페도티크 (이리나에게) 당신에게 드리려고, 모스크바 길[14]에 있는 피지코프 상점에서 색연필 몇 개를 샀어요. 주머니칼도요…….

이리나 제가 뭐 아직도 어린애인 줄 아시나 봐, 저도 다 컸네요……. (색연필과 주머니칼을 받고는 기뻐서) 어머, 예뻐라!

페도티크 제가 쓸 나이프도 샀지요……. 자, 보시죠……. 여기 나이프, 또 나이프, 그리고 하나 더. 이건 귀이개, 가위, 그리고 손톱깎이…….

로데 (큰 소리로) 의사 선생님, 연세가 어떻게 되십니까?

체부티킨 나 말이오? 서른둘.

웃음.

14 〈모스크바 길〉은 이 도시에 있는 거리의 이름이다.

페도티크 새로운 카드 점을 보여 드리겠습니다……. (카드를 늘어놓는다)

사모바르가 나온다. 사모바르 옆에 안피사가 있다. 잠시 뒤 나타샤가 들어온다. 식탁 근처에서 공연히 분주한 모습이다. 이어서 솔료니가 들어와 사람들과 인사를 나누고 식탁에 앉는다.

베르시닌 그나저나, 무슨 바람이 이렇게 붑니까!

마샤 그러게 말이에요. 겨울이 지긋지긋해. 여름이 어땠는지 기억도 안 난다니까.

이리나 점괘가 좋을 것 같아. 모스크바에 갈 수 있나 봐.

페도티크 아뇨, 그렇지 않습니다. 보세요, 스페이드 둘에 8. (웃는다) 그러니까 당신들은 모스크바에 가지 못합니다.

체부티킨 (신문을 읽는다) 치치하얼.[15] 이 도시에 천연두가 창궐하다.

안피사 (마샤에게 다가가며) 마샤, 차를 드세요. (베르시닌에게) 저, 장교님…… 죄송합니다, 성함을 잊어버려서…….

마샤 유모, 이쪽으로 가져다줘. 나는 거기로 가지 않을 거야.

이리나 유모!

안피사 가요, 가!

나타샤 (솔료니에게) 갓난아기도 잘 알아듣더라고요. 〈안녕, 보비크, 까꿍, 우리 아가!〉 이러면 특별하게 쳐다보더라니까요. 엄마라서 이런다고 생각하시겠지만 그렇지 않아요,

15 중국 동북 지방의 헤이룽장성 서쪽에 있는 도시.

정말이에요! 우리 애는 보통 애들하곤 다른가 봐요.

솔료니 그 애가 내 애였다면 프라이팬에 튀겨 먹었을 겁니다. (컵을 들고 응접실로 가서 한쪽 구석에 앉는다)

나타샤 (두 손으로 얼굴을 가리고) 저렇게 잔인하고 무식한 사람이 어디 또 있을까!

마샤 지금이 겨울인지 여름인지 모르는 사람은 행복할 거야. 나도 모스크바에 살면 날씨 따위엔 관심 없을 텐데…….

베르시닌 며칠 전에 프랑스의 어느 장관이 옥중에서 쓴 일기를 읽었습니다. 파나마 운하 사건으로 유죄 판결을 받은 사람인데요.[16] 장관직에 있을 때는 관심도 두지 않았던 새들을 감옥 창문에서 보고 환희와 감격에 젖어 쓴 글입니다. 자유의 몸으로 석방된 지금은, 물론, 이전처럼 이미 새들에게는 관심도 없어졌고요. 당신들도 마찬가지로 모스크바에 살게 되면 모스크바에 관심이 없어질 겁니다. 우리에게 행복은 없어요, 있지도 않고요. 우리는 그저 행복을 바랄 뿐입니다.

투젠바흐 (식탁에서 상자를 든다) 과자는 어디 있죠?

이리나 솔료니가 다 먹어 버렸어요.

투젠바흐 전부 다?

안피사 (차를 나르며) 장교님, 쪽지가 왔습니다.

베르시닌 나한테 말인가요? (쪽지를 집어 든다) 딸애가 보냈

---

16 프랑스의 외교관인 페르디낭 드 레셉스Ferdinand de Lesseps (1805~1894)가 파나마 운하 건설을 계획하고 착공했으나 말라리아로 난관에 부딪힌 후 재정 문제가 겹쳐 실패했다. 이때 일부 프랑스 관료들이 뇌물 수수로 구속된 사건을 말한다.

군. (읽는다) 음, 그렇겠지……. 미안합니다, 마리야 세르게
예브나, 가봐야겠습니다. 차도 마실 수 없겠습니다. (흥분
한 상태로 일어선다) 늘 이런다니까…….

마샤 무슨 일이에요? 비밀인가요?

베르시닌 (조용히) 아내가 또 독약을 마셨나 봅니다. 저는 가
봐야겠어요. 사람들 눈에 띄지 않게 가겠습니다. 지긋지긋
합니다. (마샤의 손에 입을 맞춘다) 마샤, 고결하고 착한 여
인이여……. 여기서 조용히 나가겠습니다. (떠난다)

안피사 어딜 가셨나? 차를 드렸는데……. 이런 참.

마샤 (짜증을 내며) 저리 좀 가! 왜 옆에 붙어서 야단이야…….
(찻잔을 들고 식탁 쪽으로 간다) 할멈 때문에 귀찮아 죽
겠어!

안피사 아가씨, 왜 그렇게 화를 내시는 거예요?

안드레이의 목소리. 〈안피사!〉

안피사 (흉내 낸다) 안피사! 방에 앉아 계시면서……. (나
간다)

마샤 (홀의 식탁 옆에서, 화를 내며) 나도 앉자고요! (식탁 위
의 카드를 흩어 놓는다) 여기다 카드를 벌여 놓다니. 차나
들어요!

이리나 마샤는 심술쟁이.

마샤 그래 심술쟁이다, 그러니 내게 말도 걸지 마. 건들지
말라고!

체부티킨 (웃으며) 건드리지 말아요, 건드리지 말아요.

마샤 나이 예순에 왜 늘 어린애처럼 실없는 소리만 하시나요.

나타샤 (한숨을 내쉰다) 마샤 아가씨, 무슨 말이 그래요? 그런 아름다운 용모로 고상한 사교계에 나가면 사람들의 눈길을 끌 거예요, 솔직히 말해 말투는 영 아니지만. Je vous prie, pardonnez-moi, Marie, mais vous avez des manières un peu grossières(미안하지만, 마리, 당신은 매너가 무례해요).

투젠바흐 (웃음을 참으며) 이리 주세요…… 이리 줘요…… 그거, 코냑이죠…….

나타샤 Il parait, que mon Bobik déjà ne dort pas(보비크가 벌써 깼나 봐), 잠에서 깼어. 아가가 오늘 아파요. 가봐야겠어, 실례해요……. (나간다)

이리나 알렉산드르 이그나티예비치가 안 보이시네?

마샤 집에 갔어. 또 아내가 무슨 일을 벌였나 봐.

투젠바흐 (코냑병을 들고 솔료니에게 간다) 늘 혼자 앉아서 무슨 생각을 하는 거요, 무슨 생각을 그렇게 하는지. 자, 화해합시다. 코냑 한잔 하자고요.

둘이서 마신다.

투젠바흐 오늘 밤새 피아노를 쳐볼까, 아무 곡이나 말이야……. 아무려면 어때!

솔료니   왜 화해를 합니까? 우린 싸우지도 않았는데.

투젠바흐   당신은 꼭 우리 사이에 무슨 일이 일어난 것 같은 기분을 준다니까. 당신은 성격이 이상해, 이건 인정해야지.

솔료니   (낭독하듯이) 나는 이상하오, 이 세상에 이상하지 않은 사람이 어디 있나! 화내지 마라, 알레코![17]

투젠바흐   이 마당에 웬 알레코…….

사이.

솔료니   나는 누구하고든 단둘이 있을 땐 아무렇지도 않아서, 다른 사람들과 다를 바 없소. 하지만 여러 사람과 어울리면 부끄럽고 음울해져서, 그래서…… 엉뚱한 소리를 하게 되지. 그래도 난 다른 사람들보다 더 정직하고 점잖은 사람이오. 증명할 수 있소.

투젠바흐   내가 당신에게 자주 화를 냈더군요. 사람들 앞에서 공연히 내 트집을 잡았으니까. 그런데도 왜인지 당신에게 호감이 갑니다. 아무려면 어떻소. 오늘 취해 봅시다. 마시자고요!

솔료니   마시죠.

사이.

솔료니   남작, 나는 한 번도 당신에게 반감을 품은 적이 없소.

17 푸시킨의 서사시 「집시」에 나오는 성마르고 질투심 많은 남자 주인공.

단지 내가 레르몬토프[18] 같은 성격이라서. (조용히) 심지어
생긴 것도 레르몬토프를 닮았다나……. 사람들이 그러더
군……. (호주머니에서 향수병을 꺼내 손에 뿌린다)

투젠바흐 나는 퇴역할 거요. 끝내는 거지! 5년이나 궁리한
끝에 내린 결정이오. 앞으로 일을 할 겁니다.

솔료니 (낭독하듯이) 화내지 마라, 알레코…… 그대의 꿈들
은 잊어버려라…….

그들이 이야기하는 동안 안드레이가 책을 들고 조용히 들어와
서 촛불 옆에 앉는다.

투젠바흐 앞으로 일을 할 겁니다.

체부티킨 (이리나와 함께 응접실로 걸어온다) 대접받은 음식
도 진짜 캅카스식이었지, 양파수프에 고기로 만든 체하르
트마였어.

솔료니 체렘샤는 절대 고기가 아니라 당신네 양파와 비슷한
채소입니다.

체부티킨 아니네, 이보게, 체하르트마는 양파가 아니라 양고
기구이라네.

솔료니 체렘샤는 양파라니까요.

체부티킨 체하르트마는 양고기야.

18 Mikhail Yurievich Lermontov(1814~1841). 러시아의 낭만주의 시
인. 고독, 죽음, 자기애, 악마성 등을 주로 다루었다. 독설가로, 사관 학교 친
구인 마르티노프 소령과 결투를 벌여 스물일곱 살에 사망했다. 대표작인 서
사시 『악마』는 캅카스를 배경으로 한다.

솔료니 체렘샤는 양파입니다.

체부티킨 당신하고 싸워서 뭐 하겠어! 칵카스에 가본 적도 없고 체하르트마를 먹어 본 일도 없을 텐데.

솔료니 도저히 먹을 수가 없어서 안 먹었습니다. 체렘샤에 서는 마늘 냄새 같은 것이 나거든요.

안드레이 (애원하듯이) 여러분, 그만들 하시죠! 부탁입니다!

투젠바흐 가면무도회 사람들은 언제 옵니까?

이리나 9시라고 했으니, 곧 올 거예요.

투젠바흐 (안드레이를 포옹한다) 아, 그대, 캐노피, 나의 캐노 피, 나의 새로운 캐노피…….[19]

안드레이 (춤추며 노래한다) 새로운 단풍나무의 캐노피…….

체부티킨 (춤춘다) 격자무늬 캐노피!

웃음.

투젠바흐 (안드레이에게 입맞춤한다) 제기랄, 진탕 마시자고.

19 러시아에서 18세기 이후 널리 퍼진 민속춤에 딸린 노래 가사의 첫 부 분. 엄격한 아버지가 젊은 양조업자와 사랑에 빠진 어린 딸을 단속하는 내용이다. 캐노피는 러시아어로 〈세니〉로 현관에 있는 차양이 쳐진 테라스를 가리킨다. 이 민속춤에 딸린 노래의 첫 구절을 투젠바흐에 이어 안드레이와 체부티킨이 부르고 있다. 도스토옙스키는 보호와 방어라는 주제를 담은 이 노래의 예술적 가치를 높게 평가해 『카라마조프 씨네 형제들』에 사용했으며, 톨스토이의 『전쟁과 평화』를 영화화한 세르게이 본다르추크 감독은 러시아 군대의 행진곡으로도 사용했다. 지금도 러시아 민속 공연에서 자주 연주되는 애창곡이다. 공연 영상을 보면 체부티킨이 바닥에 발을 굴러 신호를 보내는 모습을 유추해 볼 수도 있다. https://www.youtube.com/watch?v=0ehS9ZKnC7s 참조.

안드류샤, 어서어서 마셔요. 나도, 안드류샤, 당신과 함께 모스크바로 가서 대학에 들어가는 거야.

솔료니   어느 대학? 모스크바에는 대학이 두 개 있는데.

안드레이   모스크바에는 대학이 하나밖에 없습니다.

솔료니   두 개 있다니까.

안드레이   세 개면 어때, 많을수록 좋지.

솔료니   모스크바에는 대학이 두 개 있습니다!

빈정거리며 야유하는 소리.

솔료니   모스크바에는 구(舊)대학과 신(新)대학, 이렇게 대학이 둘 있습니다. 여러분이 내 말을 듣고 싶지 않다면, 내 말에 짜증 난다면, 입을 다물겠습니다. 아니 딴 방으로 가지요……. (문을 열고 나간다)

투젠바흐   브라보, 브라보! (웃는다) 여러분, 시작할까요? 내가 치겠습니다! 솔료니, 우스운 사람 같으니라고……. (피아노 앞에 앉아 왈츠를 친다)

마샤   (혼자서 왈츠를 춘다) 남작이 취했네, 남작이 취했다네, 취했다네!

나타샤가 들어온다.

나타샤   (체부티킨에게) 이반 로마니치! (체부티킨에게 뭐라고 말한 다음 조용히 퇴장한다)

148

체부티킨, 투젠바흐의 어깨에 손을 얹고 뭐라고 속삭인다.

이리나 무슨 일이에요?

체부티킨 이제 그만들 돌아갑시다. 잘 있으시오.

투젠바흐 안녕히들 주무시죠. 가보겠습니다.

이리나 잠깐만요……. 가면무도회 사람들은……?

안드레이 (당황하며) 가면무도회 사람들은 오지 않을 거야.
나타샤가 그러는데 보비크가 아프대, 그래서……. 모르겠
어, 이러나저러나 마찬가지지 뭐.

이리나 (어깨를 으쓱하며) 보비크가 아프다고요!

마샤 어디 해보라지! 쫓아내면 나갈 수밖에. (이리나에게)
보비크가 아니라, 저 여자가 아픈 거야……. 바로 여기! (손
가락으로 이마를 두드린다) 속물이라니까!

안드레이, 오른쪽 문을 열고 자기 방으로 들어간다. 체부티킨,
그의 뒤를 따라간다. 홀에서 사람들이 작별 인사를 한다.

페도티크 섭섭하군요! 파티가 열리면 신나게 놀아 볼 생각
이었는데 아기가 아프다니, 음, 하는 수 없지요……. 내일
아기에게 장난감을 가져다줘야겠군…….

로데 (목소리를 높여) 난 오늘 오후에 낮잠까지 잤다니까,
밤새 춤을 추려고. 이제 겨우 9시밖에 안 되었는데!

마샤 밖으로 나가서 얘기해요. 어떻게 할지 정하죠.

〈안녕히 계세요! 건강하시고요!〉 하는 인사말들이 들린다. 투젠바흐의 호탕한 웃음소리. 모두 떠난다. 안피사와 하녀가 식탁을 치우고 불을 끈다. 유모의 노랫소리가 들린다. 외투를 입고 모자를 쓴 안드레이, 그리고 체부티킨이 조용히 들어온다.

체부티킨   나는 결혼할 새가 없었던 거야, 인생이 번개 치듯 지나가 버리고 말았지. 게다가 이미 결혼한 자네 어머니를 미친 듯이 사랑하기도 해서……

안드레이   결혼을 뭐 하러 합니까. 따분하게 그럴 필요 없습니다.

체부티킨   그래도 말이야, 외로움이란 게. 이보게, 어떤 소릴 늘어놓든 외로움이란 끔찍하단 말이지……. 하기야 암만 그래도…… 어차피 마찬가지야!

안드레이   어서 가시죠.

체부티킨   뭘 그리 서두르나? 시간은 충분해.

안드레이   아내가 붙잡을까 봐 무서워서 그래요.

체부티킨   아!

안드레이   오늘은 카드 게임 안 하고 구경만 할 겁니다. 몸도 좋지 않고……. 의사 선생님, 숨 쉬기 힘들 땐 어떻게 하면 좋을까요?

체부티킨   별걸 다 물어보는군! 모르겠네. 이보게, 그걸 내가 어떻게 아나.

안드레이   부엌으로 빠져나가시죠.

두 사람, 떠난다.

현관 종소리. 한 번 더 현관 종소리가 울리고, 사람들의 말소리와 웃음소리가 들린다.

이리나 (들어온다) 무슨 일이지?

안피사 (속삭인다) 가면무도회 사람들이 왔어요!

현관 종소리.

이리나 유모, 집에 아무도 없다고 말해 줘. 미안하다고도.

안피사, 나간다. 이리나, 생각에 잠겨 방 안을 거닌다. 언짢은 기색이다. 솔료니가 들어온다.

솔료니 (어리둥절해서) 아무도 없네……. 다들 어디에 있습니까?

이리나 집으로 돌아갔어요.

솔료니 이상하네, 그럼 혼자 계신 건가요?

이리나 네.

사이.

이리나 안녕히 가세요.

솔료니 아까는 제가 주제넘게 실없이 굴었습니다. 그래도 당신은 다른 사람들과 달리 순수하고 고결하시니까, 진실을 보셨을 겁니다……. 당신뿐입니다, 오직 당신만이 저를 이해해 주실 수 있습니다. 사랑합니다, 진정으로 한없이 사랑합니다…….

이리나 안녕히 가세요! 어서 가세요.

솔료니 당신 없이는 살아갈 수 없습니다. (이리나 뒤를 따라다니며) 아, 나의 행복! (눈물을 글썽이며) 아, 나의 기쁨! 어느 여자에게서도 볼 수 없는, 아름답게 빛나는 신비하고 놀라운 눈동자…….

이리나 (차갑게) 그만하세요, 바실리 바실리치!

솔료니 생전 처음 당신에게 사랑을 고백하는 겁니다. 저는 지금 지상이 아니라 어디 별나라에라도 있는 기분입니다. (이마를 문지른다) 뭐, 괜찮습니다. 억지로 사랑을 얻을 수는 없는 법이니……. 그러나 경쟁자들이 행운을 차지하는 꼴은 절대 두고 볼 수 없습니다……. 안 될 말이죠……. 성인(聖人)들의 이름을 걸고 맹세하는데, 경쟁자를 죽여 버릴 겁니다……. 아, 신비로운 당신!

나타샤, 촛불을 들고 지나간다.

나타샤 (방문을 하나하나 열어 보고 나서, 남편 방으로 통하는 문을 지나가며) 안드레이가 있겠지. 책을 읽도록 놔둬야지. 어머, 바실리 바실리치, 여기 계신 줄도 모르고 잠옷 바람으로.

솔료니 괜찮습니다. 안녕히 계십시오! (떠난다)

나타샤 아가씨, 불쌍한 우리 아가씨, 피곤하지요! (이리나에게 입맞춤한다) 일찍 잠자리에 들어요.

이리나 보비크는 자나요?

나타샤 잠들긴 했지만 편히 자는 건 아니에요. 참, 아가씨, 할 말이 있는데, 진작에 말하려고 했는데 아가씨가 없거나 내가 바빠서……. 다른 게 아니라, 지금 보비크가 있는 방은 춥고 습해요. 아기한테는 아가씨 방이 딱 좋을 거 같아요. 저, 아가씨, 당분간 올랴 아가씨 방에서 지내면 좋겠어요!

이리나 (이해하지 못하고) 어디로 가라고요?

트로이카[20]가 방울을 짤랑거리며 집으로 다가오는 소리가 들린다.

나타샤 당분간 올랴 아가씨와 한방을 쓰시고, 아가씨 방은 보비크에게 주자는 이야기예요. 얼마나 귀여운지 모르겠어. 오늘도 내가 〈보비크, 내 아가, 아가!〉 하니까, 예쁜 두 눈으로 나를 바라보지 않겠어요.

현관 종소리.

나타샤 올가 아가씨인가 봐요. 많이 늦었네!

20 세 마리 말이 끄는 러시아의 쾌속 마차.

하녀가 나타샤에게 다가와 귓속말을 한다.

나타샤 프로토포포프가? 엉뚱한 사람이야. 프로토포포프가
   와서 트로이카를 태워 준다고 나를 부른다네요. (웃는다)
   사내들이란 정말 이상해…….

현관 종소리.

나타샤 누가 또 왔나 보네. 한 15분만 타다 올까……. (하녀에
   게) 금방 나간다고 전해 줘.

현관 종소리.

나타샤 계속 울리네……. 올가일 거야. (나간다)

하녀가 달려 나간다. 이리나, 앉아서 생각에 잠겨 있다. 쿨리
긴, 올가, 뒤이어 베르시닌이 들어온다.

쿨리긴 아니, 어떻게 된 거야. 파티를 연다고 했잖아.
베르시닌 이상하군요, 반 시간 전에 여기서 나갈 때만 해도
   모두 가면무도회 사람들을 기다리고 있었는데…….
이리나 모두 집으로 돌아가셨어요.
쿨리긴 마샤도? 어디로 갔을까? 그런데 프로토포포프는 집
   앞에서 트로이카에 앉아 누굴 기다리는 거지? 누구를 기

다리는 거야?

이리나   저한테 묻지 마세요……. 피곤해요.

쿨리긴   성미도 참…….

올가   회의가 지금 막 끝났어. 지쳐 버렸어. 교장 선생님이 아파서 그분 일을 내가 대신 해야 해. 머리가, 머리가 아파, 머리가……. (앉는다) 안드레이 오빠는 어제도 도박으로 2백 루블을 잃었다지……. 온 도시가 그 얘기를 하더라고…….

쿨리긴   나도 회의 때문에 지쳐 버렸지. (앉는다)

베르시닌   아내가 날 겁주려고 독약을 마시려고 했습니다. 다행히 큰일은 일어나지 않아서, 겨우 한숨 돌리게 됐죠……. 그런데, 돌아가야겠지요? 그럼 안녕히들 계십시오. 표도르 일리치, 같이 가시죠! 집에는 도저히 들어가기 싫어서, 도저히……. 같이 갑시다!

쿨리긴   피곤해요. 그만두겠습니다. (일어선다) 지쳤어요. 아내는 집에 갔을까?

이리나   그럴 거예요.

쿨리긴   (이리나의 손에 입맞춤한다) 그럼 이만. 내일과 모레는 하루 종일 쉬어야지. 안녕! (가면서) 차를 무척 마시고 싶군. 사람들과 즐겁게 저녁을 보낼 줄 알았는데, O, fallacem hominum spem(오, 인간의 헛된 희망이여)……! 감탄문에는 목적격을 써야 해…….

베르시닌   어쩔 수 없군요, 혼자서라도 가야겠어. (휘파람을 불며, 쿨리긴과 함께 떠난다)

올가   머리가 지끈거려, 머리가……. 안드레이 오빠가 돈을 잃었대…… 온 도시가 얘기하더라고……. 가서 누워야겠어. (가면서) 내일은 쉬는 날이니…… 다행이야, 정말 다행이야! 내일도 휴일, 모레도 휴일……. 머리가 아파, 머리가……. (퇴장한다)

이리나   (혼자서) 모두 가버렸네.

거리에서 아코디언 소리가 들린다. 유모의 자장가 노랫소리도 들린다.

나타샤   (모피 코트에 털모자를 쓰고 홀을 지나간다. 하녀가 뒤를 따른다) 30분 뒤엔 돌아올게. 조금만 타다 오겠어. (나간다)

이리나   (혼자 남아 우수에 잠긴 채) 모스크바로 가야 해! 모스크바! 모스크바!

막이 내린다.

제3막

올가와 이리나의 방. 왼쪽과 오른쪽에 침대가 있고, 여기에 칸막이를 둘러쳐 놓았다. 새벽 2시가 넘은 시각. 무대 뒤에서 한참 전부터 화재경보기가 울리고 있다. 집안 식구들이 아직 잠자리에 들지 못한 모습이다. 마샤, 소파에 누워 있다. 평소처럼 검은 옷을 입었다.

올가와 안피사, 들어온다.

안피사 사람들이 지금 계단 밑에 앉아 있어요……. 제가 〈올라들 가세요, 괜찮아요, 어서요〉라고 말해도, 울기만 하면서 〈아빠가 어딨는지 모르겠어, 불에 타 죽었으면 어떡해〉하더라고요. 이게 다 무슨 일인지! 마당에도 사람들이…… 옷도 제대로 못 걸쳤어요.

올가 (옷장에서 옷가지를 꺼낸다) 이 회색 옷을 가져가…….

이것도……. 이 재킷도 가져가고……. 유모, 스커트도……. 정말 무슨 이런 일이 다 있대! 키르사놉스키 골목은 다 타버린 모양이야……. 이것도 가져가고……. 이것도……. (유모의 손에 옷가지를 급하게 건넨다) 베르시닌 가족들도 많이 놀랐을 거야, 불쌍하게도……. 그 집도 하마터면 타버릴 뻔했으니. 우리 집에서 자라고 해…… 자기 집으로 돌아가라고 할 순 없잖아……. 페도티크 집은 몽땅 타버렸어, 남은 게 하나도 없이…….

안피사 올류시카 아가씨, 페라폰트 좀 불러 주세요, 혼자선 다 들 수 없으니…….

올가 (종을 울린다) 아무리 종을 쳐도 오질 않네……. (문을 향해) 거기 누구 없나요, 이리 좀 와봐요!

열린 문으로 화염에 붉게 물든 창문이 보인다. 소방대가 집 옆으로 지나가는 소리가 들린다.

올가 정말 무서운 일이야. 무슨 이런 일이 다 있대!

페라폰트가 들어온다.

올가 이걸 아래로 가져가요……. 계단 아래에 콜로틸린 댁 따님들이 있으니…… 가져다줘요. 이것도…….

페라폰트 알겠습니다. 1812년에도 모스크바가 모두 타버렸지요.[21] 굉장했습니다! 프랑스 군대가 기겁을 했습죠.

올가   어서 가요, 어서⋯⋯.

페라폰트   알겠습니다. (나간다)

올가   유모, 전부 가져다줘. 우린 필요 없으니까, 전부 다⋯⋯. 지쳐서 쓰러질 것만 같아⋯⋯. 베르시닌 가족들을 돌려보내선 안 돼⋯⋯. 딸들은 응접실에 재우고, 알렉산드르 이그나티예비치는 아래층에 남작과 함께⋯⋯. 페도티크도 남작이 있는 방에, 아니, 홀이 더 좋겠어⋯⋯. 하필 의사 선생님은 술에 취해 있으니, 심지어 만취해 있으니 건드리지 말고. 베르시닌 부인도 응접실로.

안피사   (지친 모습으로) 아가씨, 올류시카 아가씨, 절 내쫓지 말아요! 제발 내쫓지 마세요!

올가   유모, 무슨 소리야. 아무도 유모를 내쫓지 않아.

안피사   (올가의 가슴에 머리를 묻고) 사랑하는 아가씨, 저의 소중한 아가씨, 저는 애를 쓰며 일하고 있다고요⋯⋯. 기운이 빠지면 나가라고들 하시겠죠! 제가 어디로 가겠어요? 어디로? 여든이에요. 여든두 살에⋯⋯.

올가   좀 앉아요, 유모⋯⋯. 피곤해서 그래, 가엾어라⋯⋯. (유모를 앉힌다) 좀 쉬어, 유모. 안색이 안 좋아!

나타샤가 들어온다.

나타샤   저쪽에서는 빨리 이재민 구호 단체를 만들어야 한다

---

21 나폴레옹 군대가 모스크바로 진격하자 러시아군이 방어 전략 차원에서 모스크바 전역을 불태운 사건을 말한다.

고들 하네요. 그야 좋은 생각이죠. 가난한 사람들을 돕는 것은 부자의 의무니까. 보비크와 소포치카가 세상모르고 자고 있어요. 집 안 어딜 가봐도 온통 사람들로 꽉 차 있으니. 요즘 도시에 인플루엔자 바이러스가 돈다는데, 아이들에게 옮을까 걱정돼요.

올가 (나타샤의 말을 듣지 않고) 이 방에선 불이 난 광경이 보이지 않고 평온한데…….

나타샤 그러네요……. 머리가 헝클어졌을 텐데. (거울 앞에서) 나보고 살이 쪘다고 하지만…… 그렇지 않아! 조금도 찌지 않았어! 어머, 마샤 아가씨가 자고 있네. 불쌍해라, 고단한가 봐……. (안피사에게 차갑게) 내 앞에서 잘도 앉아 있군! 얼른 일어나! 여기서 나가!

안피사, 나간다. 사이.

나타샤 저 늙은이를 왜 데리고 있는지 이해할 수가 없군요!

올가 (기막혀하면서) 미안하지만, 나도 이해할 수가 없네요…….

나타샤 이 집에 저런 사람은 아무 쓸모도 없어. 농사짓는 사람은 시골에서 살아야지……. 무슨 호강이람! 집안에 질서가 있어야 해요! 필요 없는 사람이 집에 있어서는 안 된다고요. (올가의 뺨을 어루만지며) 불쌍한 아가씨, 피곤하죠! 우리 교장 선생님이 얼마나 피곤할까! 소포치카가 자라서 중학교에 들어가면 나도 아가씨를 무서워하게 되겠죠.

올가 교장이 되지 않을 거예요.

나타샤 올레치카, 아가씨가 선출될 텐데요. 당연한 일 아닌가요.

올가 거절할 테야. 할 수가 없어……. 내겐 벅찬 일인걸……. (물을 마신다) 방금 올케는 유모를 너무 심하게 대하더군요……. 미안하지만 난 그런 행동은 참을 수가 없어요……. 눈앞이 캄캄해졌다니까…….

나타샤 (흥분해서) 용서해요, 올랴, 용서해……. 아가씨를 속상하게 할 생각은 없었어요.

마샤, 일어나서 베개를 들고 나간다. 화가 났다.

올가 올케, 이해해 줘요……. 우리는 교육받은 사람들이잖아요. 어쩌면 이상해 보일지도 모르지만 그런 행동은 참을 수가 없어요. 사람을 그렇게 함부로 대하는 모습을 보면 가슴이 답답해져서 병이 날 지경이라고요……. 정말 마음이 상했어!

나타샤 용서해 줘요, 용서해 줘요……. (올가에게 입맞춤한다)

올가 아무리 사소해도 난폭한 행동과 무례한 말은 참을 수가 없네요…….

나타샤 내가 쓸데없는 말을 자주 하죠, 그건 맞아요. 그렇지만, 아가씨, 저런 사람은 시골에서 살아야 하지 않나요.

올가 유모는 30년 동안이나 우리와 함께 살았어요.

나타샤 그렇지만 이제 일을 못 하잖아요! 내가 아가씨를 이해하지 못하는지, 아니면 아가씨가 날 이해하고 싶지 않은지. 더는 일할 힘이 없으니까 맨날 집에서 잠이나 자고 앉아만 있잖아요.

올가   그러면 앉아 있게 놔둬요.

나타샤   (놀란다) 어떻게 앉아 있게 놔둘 수 있나요? 하녀 아닌가요. (눈물을 글썽이며) 아가씨를 이해할 수가 없네. 나한테는 유모도 있고 하녀도 있고, 또 우리 집엔 청소부도 식모도 있는데…… 그런데 무엇 때문에 저런 할망구가 또 있어야 하죠? 도대체 왜?

무대 뒤에서 화재경보기가 울린다.

올가   오늘 밤에 난 10년이나 늙어 버렸어.

나타샤   올랴 아가씨, 이참에 서로 분명히 해둘 필요가 있겠어요. 아가씨가 있는 곳은 학교이고, 내가 있는 곳은 가정이에요. 아가씨가 할 일은 교육이고 내가 할 일은 살림이지요. 하녀에 관해 말할 땐 내가 무슨 말을 하는지 알고 있다는 이야기예요…… 무-슨-말인지 알고 있다고요……. 내일 당장 저 늙은 도둑년을, 저 늙은이를 쫓아내고 말겠어……. (발을 구른다) 저 요사스러운 할망구를 말이야! 감히 나를 화나게 만들어! 주제넘게! (퍼뜩 정신이 돌아와) 정말이지 아가씨가 아래층으로 옮겨 가지 않으면 우리는 항상 이렇게 싸울 거 같아요. 끔찍한 일이죠.

쿨리긴이 들어온다.

쿨리긴 마샤는 어디 있습니까? 집으로 돌아가야겠는데, 화
재도 많이 잡혔다고 하더라고요. (기지개를 켠다) 한 구역
만 탔답니다. 바람이 불어서 처음엔 도시 전체가 다 타는
줄 알았죠. (앉는다) 아, 피곤해. 올레치카, 우리 처형…….
항상 생각하는 거지만, 마샤가 아니었다면 처형과 결혼했
을 거야. 참 좋은 사람이지……. 고단하군. (귀를 기울인다)

올가 왜 그러시나요?

쿨리긴 이런 날 의사 선생은 술에 취하다니, 아주 인사불성
이더구먼. 일부러 마셨나 봐! (일어선다) 여기로 오시나 본
데……. 들리죠? 그래, 오시네……. (웃는다) 그것참, 원…….
에이, 숨어야지. (옷장 쪽 구석으로 간다) 날강도 같으니.

올가 2년이나 술을 끊었다가 갑자기 저렇게 마시다니…….
(나타샤와 함께 방 안쪽으로 깊숙이 들어간다)

체부티킨이 들어온다. 술에 취하지 않은 사람처럼, 비틀거리
지도 않고 방을 가로질러 걷다가 멈춰 서서 한곳을 뚫어지게 쳐
다본다. 그러다가 세면대로 가서 손을 씻기 시작한다.

체부티킨 (침울하다) 배라먹을……. 전부 뒈져 버려라……. 내
가 의사라니까 무슨 병이든 다 고칠 수 있다고 생각하나
본데, 나는 아무것도 몰라. 다 잊어버렸어. 머릿속에 남아
있는 게 하나도 없다고, 아무것도 없어.

올가와 나타샤가 체부티킨이 알아채지 못하게 방에서 나간다.

체부티킨　배라먹을. 지난 수요일에도 매립지 동네에서 어떤 여자를 치료했는데, 죽어 버렸지. 나 때문에 죽었어. 그래……. 25년 전만 해도 아는 게 좀 있었지, 그런데 지금은 아무것도 몰라. 아무것도……. 머릿속은 텅 비고 가슴은 차가워졌어. 어쩌면 난 사람이 아닌지도 몰라. 팔다리에…… 머리만 달렸지 사람이 아닌지도 몰라, 어쩌면 나란 존재는 있지도 않은지 몰라, 걷고 먹고 자니까 있는 줄로 착각하는지도 몰라. (운다) 아아, 정말로 나라는 존재는 없는 걸까! (울음을 멈추고, 침울하게) 알 게 뭐야……. 그저께도 클럽에서 사람들이 셰익스피어니 볼테르니 말들 하던데……. 나는 읽지 않았어, 하나도 읽지 않았어. 그러고도 읽은 척하고 있었지. 남들도 다 똑같아. 속물들! 저속해! 그런데 수요일에 내가 죽인 여자가 생각나는 건 뭐야……. 전부 선명하게 떠올라 기분이 더럽고 역겹고 뒤틀려서…… 가서 마셨지…….

이리나, 베르시닌, 투젠바흐가 들어온다. 투젠바흐는 최신 유행 양복을 입었다.

이리나　여기 있기로 해요. 이 방엔 아무도 들어오지 않을 거예요.

베르시닌　군인들이 아니었다면 도시가 온통 타버렸을 겁니다. 훌륭했습니다! (만족스러워하며 두 손을 비빈다) 값진

보배라니까! 정말 훌륭했어!

쿨리긴 (그들 쪽으로 나오며) 여러분, 지금 몇 시인가요?

투젠바흐 벌써 3시가 지났습니다. 곧 날이 밝을 겁니다.

이리나 아무도 가지 않고 모두 홀에 모여 있어요. 당신의 그 솔료니도 있고요…… (체부티킨에게) 여기 계셨네, 의사 선생님, 가서 좀 주무세요.

체부티킨 괜찮아욧…… 고맙구렷. (턱수염을 쓰다듬는다)

쿨리긴 (웃는다) 많이 취하셨군요, 이반 로마니치! (그의 어깨를 툭 친다) 잘하셨습니다! In vino veritas(술 속에 진리가 있다). 옛말에 이런 말도 있지 않습니까.

투젠바흐 나더러 이재민을 위해서 음악회를 열어 보라고들 하던데요.

이리나 그런데 그걸 누가…….

투젠바흐 마음만 먹으면 열 수도 있습니다. 마리야 세르게예브나는 피아노를 대단히 잘 치시던데.

쿨리긴 대단히 잘 치지!

이리나 잊어버렸을 거예요. 3년이나 치지 않았는걸요……. 아니, 4년인지도 모르겠어요.

투젠바흐 이 도시에선 아무도 음악을 이해하지 못합니다, 단한 명도요. 하지만 나는, 나만은 이해합니다. 그래서 솔직히 말씀드리는데, 확실히 마리야 세르게예브나의 연주 실력은 엄청납니다. 거의 천재적이라고 할 수 있죠.

쿨리긴 맞습니다, 남작. 난 아내를 무척이나 사랑합니다, 마샤를요. 멋진 여자예요.

투젠바흐   그렇게 훌륭하게 연주할 수 있는데, 아무도, 아무
도 알아주지 않는다면 본인 마음은 어떻겠습니까!

쿨리긴   (한숨을 내쉰다) 그렇긴 합니다만……. 그러나 아내가
음악회에 나가는 건 좀 그렇지 않을까요?

사이.

쿨리긴   여러분, 정말 모르겠습니다. 어쩌면 좋은 일이 될 수
도 있겠죠. 우리 교장 선생님은 훌륭한 분이십니다. 무척
훌륭하시죠, 어진 분이시고요. 하지만 어떻게 보실지…….
물론 그분이 참견하실 일은 아니지만, 여하튼 여러분이 원
한다면 그분께 말씀드려 보겠습니다.

체부티킨, 도자기로 만든 시계를 집어 들고 이리저리 살펴본다.

베르시닌   화재 현장에 갔다가 그을음을 온통 뒤집어썼습니
다. 꼴이 말이 아닙니다.

사이.

베르시닌   어제 얼핏 들었는데, 우리 여단이 어디 먼 곳으로
이동한다고 하더군요. 어떤 사람은 폴란드로 간다고 하고,
또 어떤 사람은 치타[22]로 간다고도 하고.

22 시베리아의 도시.

투젠바흐   나도 들었습니다. 어찌 된 일이죠? 이 도시가 텅 비겠군요.

이리나   우리도 떠날 거예요!

체부티킨   (시계를 떨어뜨린다. 시계가 산산조각 난다) 박살났군!

사이. 모두 괴로운 표정으로 당황해한다.

쿨리긴   (깨진 조각들을 줍는다) 이 비싼 물건을 깨뜨리다니, 어휴, 이반 로마니치, 이반 로마니치! 선생 품행은 빵점도 안 되는 마이너스입니다!

이리나   돌아가신 엄마 시계인데.

체부티킨   그럴지도……. 엄마 시계, 그래 엄마 시계겠지. 아니, 내가 깨뜨린 게 아니라 단지 깨뜨린 것처럼 보이는 것 아닐까. 우리라는 존재도 사실 없으면서 있는 것처럼 보일지도 모르고. 나는 아무것도 모르겠어. 그래, 누군들 뭘 알겠어. (문 옆에서) 왜 그렇게들 보는 거야? 나타샤가 프로토포포프하고 바람이 났는데, 당신들은 보질 못하고……. 여기 이렇게 앉아서 아무것도 보지 못하는 사이에, 나타샤는 프로토포포프하고 바람이 났지……. (노래한다) 이 대추야자 열매를 먹지 않으려오…….[23] (나간다)

23 「세 자매」 초연을 리허설하면서 배우 I. A. 티호미로프가 체호프에게 편지를 써 이 부분이 노래 가사인지 아니면 대사인지 문의했다. 즉 지문처럼 어떤 노래를 흥얼거리고 나서 덧붙이는 대사인지, 아니면 〈노래한다〉라는 지문에 걸리는 가사인지 물었다. 체호프는 곧장 답장을 보냈다. 이 부분은 노래

베르시닌   그러죠……. (웃는다) 원래 모든 것이 다 이상하지 않나요!

사이.

베르시닌   불이 나자 얼른 집으로 달려갔습니다. 가서 보니 우리 집은 피해 없이 무사하더군요, 위험한 지역도 아니었고요. 그런데 두 딸은 속옷 바람으로 문간에 나와 있고 애들 엄마는 보이지 않았습니다. 사람들이 우왕좌왕하고 말들도 개들도 이리저리 뛰어다니는데, 딸애들은 불안인지 공포인지 애원인지 뭔지 알 수 없는 표정을 짓고 서 있었습니다. 아이들 얼굴을 보자니 누가 내 심장을 쥐어짜는 것만 같았어요. 이런 생각이 들었죠. 아아, 이 아이들이 앞으로 긴 세월 동안 얼마나 더 시련을 견뎌 내야 할까! 아이들 손을 붙잡고 달리면서 한 가지 생각만 했습니다. 이 아이들이 세상에서 앞으로 얼마나 더 시련을 견뎌 내야 할지!

화재경보기 울리는 소리. 사이.

가사이며, 언젠가 모스크바의 예르미타시 극장에서 본 오페레타(통속적인 음악극)에 나왔는데, 오페레타의 제목은 기억이 나지 않는다는 내용이었다. 체호프는 체부티킨이 이 노래를 불러야 하고, 그러지 않으면 그가 곧장 무대에서 나가기 어렵다고 설명한다. 이 극에서 가사의 뜻은 대추야자의 특성으로 유추해 볼 수 있다. 대추야자는 암수딴그루이며 열매는 붉게 익는다.

베르시닌   여기 와보니 애들 엄마는 이미 와서 소리를 지르며
화를 내고 있더군요.

마샤, 베개를 들고 들어와서 소파에 앉는다.

베르시닌   딸애들이 맨발에 속옷 바람으로 문간에 서 있고,
거리는 화염으로 빨갛게 물들고, 공포에 질린 이들의 비명
이 울릴 때, 오래전 적군이 쳐들어와 불을 지르고 약탈하
던 때와 비슷하다는 생각을 잠시 했습니다……[24] 그렇지만
본질적으로는 지금 벌어지는 일과 과거에 일어난 일 사이
에 얼마나 큰 차이가 있습니까! 앞으로 세월이 지나 2백
년이나 3백 년쯤 뒤에 후손들은 지금 우리네 인생을 경악
과 조롱을 담은 눈초리로 보겠죠. 현재의 모든 것이 어색
하고, 답답하고, 너무나 불편하고, 이상해 보일 겁니다. 아,
그땐 얼마나 멋진 세상이 될까요, 얼마나 멋진 세상이! (웃
는다) 죄송합니다, 또 철학적인 이야기를 꺼냈군요. 그래
도 괜찮다면, 여러분, 계속해도 되겠죠. 이런 이야기를 무
척 하고 싶은데요, 지금 그런 기분입니다.

사이.

베르시닌   다들 주무시나 봅니다. 그러니까 내 말은 미래의
인생은 얼마나 멋지겠느냐는 겁니다! 상상해 보시죠…….

24 나폴레옹이 1812년에 러시아를 침공했던 것을 말한다.

지금은 여러분 같은 사람이 도시에 딱 세 명뿐이지만, 다음 세대에는 더 늘어나고, 그렇게 점점 더 불어나서, 모든 사람이 여러분같이 변하여 여러분처럼 사는 시대가 올 겁니다. 그런 뒤에 여러분의 방식이 낡아지면 여러분보다 더 나은 사람들이 나타날 테고요…… (웃는다) 오늘은 왠지 무척 특별한 기분이 듭니다. 아주 간절히 살고 싶어지는데요……. (노래한다) 사랑하는데 나이가 무슨 상관이랴, 사랑의 충동은 은총이로다……[25] (웃는다)

마샤   트람-탐-탐…….

베르시닌   트람-탐…….

마샤   트라-라-라?

베르시닌   트라-라-라. (웃는다)

페도티크가 들어온다.

페도티크   (춤춘다) 탔다네, 탔다네! 모조리 몽땅!

웃음.

이리나   장난치지 마세요. 정말 다 타버렸어요?

페도티크   (웃는다) 모조리 몽땅. 아무것도 남지 않았습니다. 기타도 탔죠, 사진기도 탔죠, 편지들도 몽땅……. 당신에게 일기장을 선물하려고 했는데, 그것도 타버렸죠.

25 푸시킨의 운문소설 『예브게니 오네긴』 8장에 나오는 구절.

솔료니가 들어온다.

이리나 안 돼요, 바실리 바실리치. 제발 나가 주세요. 여기
들어오시면 안 돼요.

솔료니 아니, 남작은 되고 왜 나는 안 된다는 겁니까?

베르시닌 우리도 갈 때가 됐군. 화재는 어떤가요?

솔료니 불이 꺼져 간다고 합니다. 그나저나, 아주 이상합니
다. 남작은 되고 왜 나는 안 된다는 겁니까? (병을 꺼내 향
수를 뿌린다)

베르시닌 트람-탐-탐.

마샤 트람-탐.

베르시닌 (웃는다. 솔료니에게) 홀로 갑시다.

솔료니 좋습니다. 그러나 이것만은 적어 두지요 〈더 분명히 밝
혀야겠지만, 거위를 조롱하면 화를 낼까 무서워서…….〉[26]
(투젠바흐의 얼굴을 가까이 들여다보며) 쯧, 쯧, 쯧…….

솔료니가 베르시닌, 페도티크와 함께 나간다.

이리나 저 솔료니는 시가를 많이 피운다죠……. (망설이며)
남작이 잠들었네! 남작님! 남작님!

투젠바흐 (잠에서 깨어) 고단하군요, 어쨌든…… 벽돌 공장
에…… 잠꼬대가 아니라, 정말로 이제 벽돌 공장에 가서 일
을 시작할 겁니다……. 벌써 얘기가 돼 있지요. (이리나에게

26 이반 크릴로프 우화 「거위」의 한 구절.

다정하게) 당신은 어찌 그리도 새하얗고, 아름답고, 매혹적입니까…… 당신의 새하얀 모습이 어두운 허공을 밝히는 것 같아요…… 당신은 슬픔에 잠겨 있군요, 인생이 불만스러운가요…… 오, 나와 함께 갑시다, 가서 함께 일을 합시다!

마샤 니콜라이 리보비치, 나가 주세요.

투젠바흐 (웃으면서) 여기 계셨군요? 못 봤습니다. (이리나의 손에 입을 맞춘다) 안녕, 갑니다…… 이렇게 당신의 얼굴을 가까이서 보니 오래전 당신의 명명일에, 그때 당신은 씩씩하고 명랑했는데, 노동의 기쁨에 관해 말하던 일이 생각나는군요…… 그때 나는 참으로 행복한 인생을 꿈꾸었는데! 그런 인생은 어디에 있을까? (이리나의 손에 입을 맞춘다) 눈물을 글썽이는군요. 누워서 좀 자요, 벌써 날이 밝아 와요…… 곧 아침이 될 거예요…… 당신에게 내 인생을 바칠 수 있게 허락된다면!

마샤 니콜라이 리보비치, 나가세요! 지금 뭘 하는 건가요……

투젠바흐 갑니다……. (나간다)

마샤 (눕는다) 표도르, 당신 자나요?

쿨리긴 어?

마샤 집에 가지 그래요.

쿨리긴 사랑하는 마샤, 소중한 나의 마샤…….

이리나 언니는 지쳤어요. 좀 쉬게 두세요, 형부.

쿨리긴 지금 가지……. 귀하고 착한 내 아내……. 당신밖에 없어, 사랑해…….

마샤 (짜증을 낸다) Amo, amas, amat, amamus, amatis,

amant.[27]

쿨리긴 (웃는다) 아니, 정말이라니까. 마샤는 놀라워. 결혼한 지 7년이 됐는데도 바로 어제 결혼식을 올린 것만 같다니까. 거짓말이 아니야. 아니, 정말이라니까, 당신은 놀라운 사람이야. 나는 만족해, 만족해, 만족해!

마샤 지겨워, 지겨워, 지겨워……. (일어나 앉으면서 이야기한다) 머릿속에서 이게 떠나질 않아……. 속상해 죽겠어. 머리에 못이라도 박힌 것만 같으니 말하지 않곤 못 배기겠어. 안드레이 오빠 말이야……. 오빠가 이 집을 은행에 저당 잡히고 돈은 전부 올케가 가져갔다지 뭐야. 이 집이 오빠 혼자 물려받은 거냐고, 우리 남매 네 사람 거잖아! 오빠도 제정신이라면 이 정도는 알 거 아니야.

쿨리긴 그만해요, 마샤! 왜 그래? 안드류샤는 사방에 빚을 졌어, 그냥 내버려 두자고.

마샤 이런 터무니없는 일이 어딨어. (눕는다)

쿨리긴 당신과 난 어렵지 않잖아. 내가 일하잖아, 학교에 가서 수업도 하고……. 난 소박하고 정직한 사람이지. Omnia mea mecum porto(나는 내 모든 것을 지니고 다닌다), 이런 말도 있잖아.

마샤 난 아무것도 필요 없어요. 그렇지만 이건 옳지 않아.

사이.

27 라틴어 동사 〈사랑하다〉의 단수와 복수 현재 시제 인칭 변화.

마샤   빨리 가라고요, 표도르.

쿨리긴   (마샤에게 입맞춤한다) 당신 피곤한가 보군. 30분이
라도 쉬는 게 좋겠어, 딴 데 앉아 기다릴 테니까. 좀 자도록
해……. (걷는다) 나는 만족해, 만족해, 만족해. (나간다)

이리나   정말이지 우리 오빠는 망가지고 말았어, 그 여자 옆
에서 시들다가 아주 늙어 버렸어! 대학교수가 되겠다던 사
람이 어제는, 간신히 자치회 위원이 되었다고 자랑하더라
니까. 오빠는 자치회 위원, 프로토포포프는 의장……. 온
도시가 수군거리고 비웃는데도 안드레이 혼자만 아무것
도 모르고 못 봐……. 아까만 해도 모두 화재 현장으로 달
려가는데, 오빤 자기 방에 앉아서 무심하게 바이올린만 켜
더라니까. (신경질적인 말투로) 정말 끔찍해, 끔찍해, 끔찍
해! (운다) 더 이상 견딜 수 없어, 없단 말이야……! 못 견디
겠어, 못 견디겠다고……!

올가가 들어와 자기 책상 주위를 치운다.

이리나   (크게 흐느낀다) 차라리 나를 내쫓아, 쫓아내라고, 더
는 못 견디겠어……!

올가   (놀라서) 왜 그러는 거야? 이리나, 그러지 마!

이리나   (흐느끼며) 어디로 갔어? 죄다 어디로 갔냐고? 어디
에 있어? 오, 어떻게 하면 좋아, 난 어떻게 해! 다 잊어버렸
어, 잊어버렸어……. 머릿속이 뒤죽박죽이야……. 이탈리아
말로 창문이 무엇인지, 저 천장이 무엇인지도 기억나지 않

아……. 다 잊어버렸다고, 매일 잊어 가고 있어. 인생은 가면 다시 오지 않을 텐데, 우리는 모스크바로 갈 수 없을 거야……. 갈 수 없다는 걸 나는 알아…….

올가 이리나, 우리 이리나…….

이리나 (자제하면서) 난 불행해……. 일을 할 수가 없어, 아니 일하지 않을 거야. 이제 됐어, 됐어! 전신국에 있어도 봤고 지금은 시 자치회에서 일하지만, 내게 시키는 일은 전부 싫어, 경멸해……. 벌써 스물넷, 오랫동안 일해 왔지만, 뇌는 말라 버리고, 체중은 줄고, 추하게 나이만 먹고, 만족스러운 일은 하나도, 하나도 없이 그냥 시간만 흘러. 진짜 아름다운 인생에서 멀어지고 점점 더 멀어져서 낭떠러지 아래로 떨어져 내리는 기분이야. 절망, 절망뿐이야! 어떻게 아직 살아 있는지, 왜 죽지 않았는지 나는 모르겠어…….

올가 울지 마, 이리나, 울지 마……. 나도 괴로워.

이리나 안 울게, 안 울게……. 그래……. 이제는 울지 않아. 그래…… 울지 않아!

올가 이리나, 언니로서 친구로서 말하는 거야, 널 위해 해주는 말이라고 생각하면 좋겠어. 남작하고 결혼하면 어떨까!

이리나, 조용히 운다.

올가 너도 그 사람을 좋게 보고 존경하잖아……. 사실 잘생기진 않았지만 정직하고 순수하지……. 사랑 때문이 아니라 자기 몫을 다하기 위해 결혼하기도 하잖니. 적어도 나는 그렇게 생각해. 나도 사랑 없이 결혼할 수 있어. 중매가 들어와 사람만 괜찮다면, 어때, 결혼할 거야. 나이가 많더라도 상관없어…….

이리나   모스크바로 가면 진실한 사람을 만나게 될 거라고, 그런 사람을 꿈꾸고 사랑하며 계속 기다려 왔는데……. 하지만 헛된 꿈이었어, 헛된 꿈…….

올가   (이리나를 껴안는다) 이리나, 우리 예쁜 이리나. 나도 알아, 다 알아. 니콜라이 리보비치 남작이 군에서 퇴역하고 양복을 입고 우리 집에 왔을 때 얼마나 초라해 보이던지, 눈물이 다 났지……. 왜 우느냐고 그 사람이 물었지만 무슨 말을 할 수 있었겠어! 그래도 네가 그와 결혼하면 기쁠 거야. 이건 다른 문제니까, 아주 다른 문제니까.

나타샤가 촛불을 들고 오른쪽 문에서 나와, 무대를 가로질러 왼쪽 문으로 아무 말도 없이 나간다.

마샤   (앉는다) 저 여자는 마치 자기가 불을 지른 것같이 돌아다니고 있군.

올가   마샤, 넌 바보야. 우리 집에서 가장 어리석은 사람은 바로 너야. 미안하지만 어쩔 수 없어.

사이.

마샤   그래, 솔직히 말할게, 올가, 이리나. 내 마음도 힘들어.

이 자리에서 고백하지 않으면 앞으로 어디서도, 누구한테
도 말하지 못할 거야……. (조용히) 이건 비밀이지만, 두 사
람에겐 말할게……. 숨길 수가 없어…….

사이.

마샤 사랑하고 있어, 사랑해……. 그이를 사랑하고 있어…….
두 사람도 조금 전에 그이를 봤지……. 바로 여기서. 베르
시닌을 사랑해…….

올가 (칸막이 너머 자기 침대로 가며) 그만해. 어쨌든 나는 안
들었다.

마샤 어떻게 하면 좋겠어! (머리를 감싼다) 처음엔 그 사람
이 이상해 보였는데, 불쌍하다는 생각도 들고……. 그러다
가 사랑하게 됐어……. 목소리도, 그이의 이야기도 사랑하
게 됐어. 그이의 불행도, 두 딸까지도…….

올가 (칸막이 너머에서) 어쨌든 난 안 들었다. 네가 아무리
바보 같은 소릴 해도 어쨌든 나는 안 들었어.

마샤 올랴, 언니는 참 이상해. 내가 그를 사랑하는 건 운명
인걸. 피할 수 없는 내 운명이란 말이야……. 그이도 날 사
랑해……. 무서워. 그래, 잘하는 일은 아니겠지? (이리나의
손을 잡아 끈다) 아, 이리나……. 어떻게든 우리는 우리의
인생을 살게 되겠지, 그게 어떤 인생이든지……. 소설을 읽
을 땐 모두 뻔하고 쉬워 보였는데, 사랑에 빠지니까 누구
하나 알려 주는 사람도 없고 전부 스스로 결정해야 한다는

사실을 알겠더라고⋯⋯. 언니, 이리나⋯⋯. 고백했으니 앞
으론 아무 말도 하지 않을게⋯⋯. 고골의 소설에 나오는 미
치광이[28]처럼⋯⋯ 침묵해야지⋯⋯. 침묵⋯⋯.

안드레이 등장, 페라폰트가 따라 들어온다.

안드레이   (언짢은 목소리로) 그래서 어쩌라는 거지? 영문을
모르겠군.

페라폰트   (문 옆에서, 조급하게) 안드레이 세르게이치 씨, 제
가 벌써 열 번이나 말씀드렸잖습니까.

안드레이   우선, 나는 자네에게 안드레이 세르게이치 씨가 아
니야. 위원 나리라고 불러!

페라폰트   위원 나리, 소방대가 강으로 가는데 정원을 지나가
게 해달라고 합니다. 돌아가면 너무 멀어 큰 고생이거든요.

안드레이   좋아, 그러라고 해.

페라폰트, 나간다.

안드레이   지겨운 놈들. 올가, 어딨어?

올가, 칸막이 뒤에서 나온다.

28 고골 소설 「광인 일기」의 주인공 포프리신. 직장 상사의 딸을 사랑하
면서 점차 세상에 대한 판단이 흐려져 미쳐 간다.

안드레이 볼일이 있어서 왔어. 캐비닛 열쇠 좀 빌려 줘, 내 것은 잃어버려서. 왜, 그 작은 열쇠 있잖아.

올가, 말없이 열쇠를 건넨다. 이리나, 칸막이 너머 자기 침대로 간다. 사이.

안드레이 엄청난 화재더군! 이젠 거의 꺼졌지만. 빌어먹을, 그놈의 페라폰트에게 화를 내다가 바보 같은 소리를 해버렸어…… 위원 나리라니…….

사이.

안드레이 올가, 왜 내게 말하지 않는 거야?

사이.

안드레이 이젠 이런 바보짓도 집어치우자고. 통 부어 있지만 말고 잘 지내 봐야지…… 마샤, 너도 여기 있었구나. 이리나도. 잘됐네, 우리 솔직히 이야기해 보자. 이번 단 한 번만이라도. 너희들 나한테 대체 무슨 불만이 있는 거지? 어?

올가 그만해요, 안드류샤. 내일 이야기해. (흥분하면서) 오늘 밤은 왜 이렇게 힘들까!

안드레이 (몹시 당황해한다) 흥분하지는 말고. 나는 아주 냉정하게 묻는 거야. 뭐가 불만이지? 솔직히 얘기해 주면 좋겠어.

베르시닌의 목소리. 〈트람-탐-탐!〉

마샤 (일어나서 큰 소리로) 트라-라-라! (올가에게) 안녕, 올
랴, 잘 있어. (칸막이 뒤로 가서 이리나에게 입맞춤한다) 잘
자……. 안녕, 오빠. 다들 지쳤으니 그만 가세요……. 내일
이야기하면 되잖아……. (나간다)

올가 그래요, 안드류샤, 내일 이야기해요……. (칸막이 너머
자기 침대로 간다) 자야겠어요.

안드레이 한마디만 하고 가지, 짧게……. 첫째, 너희들은 내
아내 나타샤한테 반감을 품고 있어. 결혼 첫날부터 느껴
온 문제야. 나는 말이다, 나타샤가 아름답고 정직한 사람
이고 또 올곧고 우아하다고 생각해, 그게 내 의견이야. 나
는 아내를 사랑하고 존경해, 이해하겠어? 존경한다고. 그
러니 다른 사람들도 아내를 존경해 줬으면 하는 거야. 다
시 말하지만, 나타샤는 정직하고 우아한 사람이고, 너희의
불만은 전부, 미안하지만, 일종의 투정이라고 봐…….

사이.

안드레이 둘째, 너희들은 내가 교수가 아니고 학문을 하지
않는다고 화가 난 것 같은데. 하지만 나는 지방 자치회에
서 근무하고 있잖아. 나는 자치회 위원이야. 이 일은 학문

을 하는 것과 마찬가지로 명예롭고 고상하다고 생각해. 나는 자치회 위원이고, 굳이 말하자면, 이 자리를 자랑스럽게 생각하지…….

사이.

안드레이   셋째…… 한 가지 더 말할 게 있어……. 나는 집을 저당 잡혔어, 너희들 동의도 구하지 않고……. 그 점은 내가 잘못했다, 그래, 미안하게 생각해. 빚 때문에 어쩔 수 없었어……. 3만 5천 루블……. 나는 이제 노름을 하지 않아, 한참 전에 그만뒀지. 그래도 굳이 변명하자면, 너희들은 연금을 받지만 나는 그런…… 수입이 없어, 그래서 말하는데…….

사이.

쿨리긴   (문간에서) 여기에도 마샤가 없나? (초조하게) 어디 있을까? 그것참 이상하네……. (나간다)

안드레이   내 말을 듣지 않는구나. 나타샤는 훌륭하고 정직한 사람이야. (말없이 무대를 걷다가 멈춰 선다) 내가 결혼하면 우리 모두 행복해질 거라고…… 모두 행복해질 거라고 생각했다……. 그런데, 아아……. (운다) 사랑하는 누이들, 소중한 누이들, 나를 믿지 마, 믿으면 안 돼……. (나간다)

쿨리긴   (문간에서, 초조하게) 마샤는 어딨지? 여기도 없는데?

놀랄 일이야. (나간다)

화재경보기 울리는 소리. 텅 빈 무대.

이리나 (칸막이 뒤에서) 올랴! 누가 마룻바닥을 두드리는
걸까?

올가 이반 로마니치 의사 선생님일 거야. 취하셨거든.

이리나 오늘 밤은 왜 이렇게 불안하지!

사이.

이리나 올랴! (칸막이 밖을 내다본다) 들었어? 여단이 여길
떠난대, 멀리 이동한다던데.

올가 소문일 뿐이야.

이리나 그렇게 되면 우리만 남겠지…… 올랴!

올가 응?

이리나 나는, 언니, 남작을 존경해. 훌륭하고 좋은 사람이지.
그래, 결혼하겠어, 그렇게 할게. 그렇지만 우리 모스크바
로 떠나요! 부탁이야, 언니, 떠나요! 세상에 모스크바보다
좋은 곳이 어디 있겠어! 떠나요, 올랴! 떠나요!

막이 내린다.

제4막

　　프로조로프 일가 저택의 낡은 정원. 전나무 늘어선 가로수 길이 길게 뻗어 있고, 길 끝에 강이 보인다. 강 건너편으로 숲이 있다. 오른쪽은 저택의 테라스. 테라스의 탁자에 술병들과 컵들이 놓여 있다. 조금 전에 샴페인을 마신 듯하다. 정오. 이따금 사람들이 거리에서 벗어나 정원을 가로질러 강 쪽으로 걸어간다. 군인 다섯 명이 바삐 정원을 지나간다.

　　온화한 분위기를 띤 체부티킨, 그는 4막 내내 편안하다. 정원의 안락의자에 앉아 누군가가 불러 주기를 기다리고 있다. 군모를 쓰고 지팡이를 들었다. 이리나, 목에 훈장을 걸고 콧수염을 깎은 쿨리긴, 그리고 투젠바흐가 테라스에서, 계단을 내려가는 페도티크와 로데를 전송한다. 두 장교 모두 행군 복장이다.

투젠바흐　(페도티크와 입맞춤한다) 자네는 좋은 사람이야. 그

간 정들었는데. (로데와 입맞춤한다) 그래, 이제…… 잘들
가게나!

이리나 다음에 또 봬요.

페도티크 다음에 또 뵙는 게 아니라 이별입니다. 다신 볼 수
없을 겁니다!

쿨리긴 그걸 누가 알겠소! (눈물을 닦고 미소를 짓는다) 눈물
이 다 나네.

이리나 언젠가 만나겠죠.

페도티크 10년, 15년 뒤? 그땐 서로 잘 알아보지도 못하고
건성으로 인사를 나누겠죠……. (사진을 찍는다) 자, 서보세
요……. 마지막으로 한 장 더.

로데 (투젠바흐를 포용한다) 다시 만날 순 없을 겁니다…….
(이리나의 손에 입맞춤한다) 고마웠습니다, 전부, 전부 다!

페도티크 (짜증을 낸다) 그대로 좀 서 있으세요!

투젠바흐 또 볼 수 있을 거야. 우리에게 편지 쓰게, 꼭 편지
를 쓰게.

로데 (정원을 둘러본다) 안녕, 나무들아! (소리친다) 어-이!

사이.

로데 메아리도 잘 있어라!

쿨리긴 잘하면 폴란드에서 장가들 수도 있겠는데……. 폴란
드 아내가 껴안으며 〈kochanie!〉[29] 라고 할걸. (웃는다)

29 폴란드어로 〈여보〉라는 뜻이다.

페도티크 (시계를 보고 나서) 한 시간도 채 남지 않았습니다. 중대에서 솔료니만 배를 타고 가고, 우리는 행군 대열에 합류합니다. 오늘 세 개 중대가 떠나고 내일 또 세 개 중대가 떠나면, 이 도시엔 정적과 평화가 찾아오겠죠.

투젠바흐 무서운 권태도.

로데 그런데 마리야 세르게예브나는 어디에 계시나요?

쿨리긴 마샤는 정원에 있죠.

페도티크 그분에게도 인사를 드려야 하는데.

로데 안녕히들 계십시오, 이젠 가보겠습니다. 이러다가 눈물이 날 것만 같아서……. (투젠바흐와 쿨리긴을 얼른 껴안고 나서 이리나의 손에 입을 맞춘다) 여기서 아주 잘 지냈습니다…….

페도티크 (쿨리긴에게) 이건 기념으로…… 수첩과 연필입니다……. 우리는 여기서 강 쪽으로 가겠습니다…….

두 사람, 출발한다. 가면서 누군가를 찾는지 두리번거린다.

로데 (소리친다) 어-이!

쿨리긴 (소리친다) 잘들 가시오!

무대 안쪽에서 페도티크와 로데가 마샤를 만나 인사를 나눈다. 마샤, 그들을 따라 나간다.

이리나 가버렸어……. (테라스의 아래쪽 계단에 앉는다)

체부티킨 나한테는 인사하는 것도 잊었군.

이리나 뭘 하고 계신 거예요?

체부티킨 하긴 나도 잊어버렸지. 하지만 곧 만날 테니까. 나
도 내일 떠나네. 음…… 하루가 더 남았지. 1년 뒤엔 퇴역하
니까, 여기로 돌아와 그대들 옆에서 여생을 보낼 생각이
네. 연금을 받기까지 아직 1년이 더 남았고……. (주머니에
신문을 집어넣고, 다른 신문을 꺼낸다) 이곳으로 다시 돌아
오면 생활을 근본적으로 바꾸겠어. 조용하고 품위…… 품
위 있는 바른 사람이 되어야겠지…….

이리나 맞아요, 바꾸셔야 해요. 반드시 말이죠.

체부티킨 그럼. 그렇게 느끼고 있지. (나지막이 노래를 부른
다) 타라라…… 붐비야…… 시주나 툼베야…….[30]

쿨리긴 이반 로마니치는 바뀌지 않을걸! 바뀌지 않을 거야!

체부티킨 그렇다면 자네의 가르침을 받지. 그러면 고쳐지지
않을까.

이리나 형부가 콧수염을 깎았네. 못 봐주겠어요!

쿨리긴 아니, 왜?

체부티킨 당장 자네의 얼굴이 무엇과 닮았는지 말할 수도 있
지만, 차마 못 하겠어.

---

30 당시 유행가의 일부로, 1891년 미국 매사추세츠주 보스턴에서 공연된
보드빌 「턱시도」에 나온 노래이다. 경쾌하고 오락성이 강해 여러 버전으로
개사되면서 뉴욕과 파리를 거쳐 러시아 극장가에서도 유행했다. 이 부분은
노래의 후렴이다. 원래 가사는 〈Ta-ra-ra Boom-de-ay〉이고, 이를 러시아어
로 〈타라라 붐비야 시주나 툼베야〉로 음역해 불렀다. https://www.youtube.
com/watch?v=SQcp2GNd49o와 https://www.youtube.com/watch?v=Huj
MC-2T-JE 참조.

쿨리긴 왜들 이러시나! 요즘 유행인데, 이걸 modus vivendi (라이프 스타일)라고 하는 겁니다. 우리 교장 선생님이 콧수염을 깎으셨기에, 나도 학생 주임이 되자마자 밀어 버린 거죠. 좋아하는 사람이 없어도 상관없습니다. 나만 만족스러우면 되지요. 콧수염이 있건 없건 나는 똑같이 만족합니다……. (앉는다)

무대 안쪽에서 안드레이가 잠든 아이를 태운 유아차를 밀고 다닌다.

이리나 이반 로마니치, 의사 선생님, 몹시 마음 쓰이는 게 있어요. 어제 큰길[31]에 나가셨죠, 거기서 무슨 일이 있었는지 말씀해 주세요.

체부티킨 무슨 일이냐고? 아무것도 아니야. 쓸데없는 일이지. (신문을 읽는다) 이러나저러나 마찬가지라네!

쿨리긴 사람들 말로는, 어제 극장 근처 큰길에서 솔료니와 남작이 만났다고 하던데요.

투젠바흐 그만두시죠! 그것참……. (손을 내젓고 집 안으로 들어간다)

쿨리긴 극장 근처에서…… 솔료니가 남작에게 시비를 거니까 남작도 참지 못하고 모욕적인 말을 했나 봅니다…….

31 〈큰길〉로 번역한 러시아어는 〈불바르bul'var〉로, 큰길 혹은 통속극을 뜻하는 프랑스어 〈boulevard〉에서 온 말이다. 여기 언급되는 〈큰길에서 벌어진 일〉은 파리 번화가인 그랑불바르의 극장에서 공연되던 경박한 연극 〈불바르극〉을 암시한다.

체부티킨 나는 모르네. 다 어리석은 짓이지.

쿨리긴 어느 날 수업 시간에 교사가 작문 주제를 〈어리석은 짓Чепуха〉이라고 적었는데, 한 학생이 그걸 〈반항renixus〉이라고 읽더랍니다. 아마도 라틴어인 줄 알았나 봐요. (웃는다) 웃기고 놀랍지 않습니까. 솔료니가 이리나를 짝사랑해서 남작을 증오하는 것 같다고들 하더라고요……. 그럴 만합니다. 이리나는 아주 훌륭한 아가씨이니까요. 마샤를 닮았죠. 생각에 잠기는 모습도 같고요. 단지, 이리나, 처제 성격이 더 부드럽지. 그런데 마샤는, 아니, 마샤 성격도 아주 좋아. 나는 마샤, 그녀를 사랑해.

무대 너머 정원 깊숙한 곳에서 〈어-이! 어이!〉 하는 소리가 들린다.

이리나 (몸을 떤다) 왜 그런지 오늘은 작은 일에도 깜짝깜짝 놀라게 돼요.

사이.

이리나 준비가 끝났어요. 점심때 짐을 부칠 생각이에요. 내일 남작하고 결혼식을 올리고 나서 바로 벽돌 공장으로 떠날 거예요. 그다음 날엔 학교에 있겠죠. 새로운 인생이 시작되는 거예요. 하느님께서 도와주시겠죠! 교사 시험을 치를 때는 너무 기쁘고 감사한 마음이 들어 울기까지 했는걸요…….

사이.

이리나 이제 곧 짐을 실을 마차가 올 거예요…….

쿨리긴 그렇다면야 뭐. 그런데 왠지 좀 신중하지 못하다는 생각이 드는걸. 이상에 치우친 것만 같아서, 더 진지해야 하지 않을까. 아무튼, 진심으로 잘되길 바라.

체부티킨 (감격해서) 이리나, 아름답고 소중한 나의 이리나…….. 나 따위는 쫓아갈 수도 없게 멀리 가버리는군. 나는 너무 늙어서 더 이상 날 수 없는 철새처럼 뒤처졌지만, 사랑하는 이리나, 그대는 날아요, 신의 가호를 받으며 힘껏 날아!

사이.

체부티킨 표도르 일리치, 당신은 괜히 콧수염을 깎았어.

쿨리긴 그만하시죠! (한숨을 내쉰다) 오늘 군인들이 떠나면 다시 옛날로 돌아갈 겁니다. 사람들이 무슨 말을 하든 마샤는 착하고 정직한 여자예요. 마샤를 무척 사랑합니다. 이런 내 운명에 감사하지요. 사람마다 다른 운명을 타고나는 법이니까……. 세무서에 코지례프라는 남자가 있습니다. 나와 함께 학교를 다닌 친구인데, 중학교 5학년 때 무진 애를 썼지만 라틴어 종속문(ut consecutivum)[32]을 이해

---

32 라틴어에서 무엇이 무엇에 종속되었음을 나타내는 문장으로, 무엇의 결과로 어떻게 되었음을 말할 때도 쓰인다. 여기서는 〈그래서 이렇게 되다〉라는 의미로, 〈그리고 결과적으로〉라고 번역했다.

하지 못해 퇴학당했지요. 지금은 무척 가난한 데다 병까지 앓고 있어요. 어쩌다가 마주쳐서 〈잘 지내나, ut consecutivum (그리고 결과적으로)〉 하고 인사하면, 그 친구는 〈그래, consecutivum(결과적으로)……〉 이러면서 기침을 합니다. 반면 나는 한평생 운이 좋았습니다. 만족하죠. 이렇게 스타니슬라프 2등 훈장[33]도 받았고 말입니다. 지금은 손수 남들에게 〈ut consecutivum〉을 가르치기도 하고요. 물론 난 똑똑한 사람입니다. 다른 사람들보다 더 똑똑하지요. 하지만 행복은 그런 데 있지 않은 것인지…….

집 안에서 「소녀의 기도」[34]를 연주하는 피아노 소리가 들린다.

이리나 내일 밤이면 저 「소녀의 기도」를 들을 수 없겠지, 프로토포포프와 마주칠 일도 없을 테고…….

사이.

이리나 저기 응접실에 프로토포포프가 앉아 있어, 오늘도 왔다니까…….

쿨리긴 교장 선생님은 아직 안 오셨나?

33 주로 공직에 있는 사람에게 수여되는 러시아의 훈장. 스타니슬라프 훈장은 세 개 등급으로 나뉘며, 2등 훈장은 제복의 목 부분에 걸게 되어 있다.
34 폴란드의 음악가 봉다제프스카바라노프스카가 작곡한 피아노곡. 여기서 〈소녀〉는 더 정확히 말하면 〈처녀〉라는 뜻으로, 성모를 가리킨다. 한국에서는 흔히 이 곡을 〈소녀의 기도〉라고 불러 이를 따랐다.

무대 안쪽에서 마샤가 산책을 하며 조용히 지나간다.

이리나   아직요. 언니를 부르러 사람을 보냈어요. 제가 올랴 언니 없이 여기서 혼자 지내기가 얼마나 힘든지 모르실 거 예요……. 올랴는 학교에서 살거든요. 교장 선생님이라 하 루 종일 일이 얼마나 많은지. 저만 혼자서 지루하게, 할 일 도 없고, 이제는 제가 쓰는 방도 밉더라고요……. 그래서 결정한 거예요. 모스크바로 갈 수 없다면 하는 수 없지, 그 게 운명이라면 말이야, 어쩔 수 없는 거야……. 모든 일이 정말 하느님의 뜻에 달렸나 봐요, 니콜라이 리보비치가 청 혼을 했지 뭐예요……. 어떻게 해야 하나 고민하다 결정했 어요. 그는 좋은 사람이니까, 놀랄 정도로 좋은 사람이니 까요……. 그러자 갑자기 영혼에 날개가 돋친 듯 홀가분하 고 즐거워지면서 다시 일을 하고 싶어졌어요, 일을……. 그 런데 다만 어제 벌어진 일이, 저만 모르는 그 일이 자꾸 마 음에 걸려요…….

체부티킨   반항, 아니, 어리석은 짓이지.

나타샤   (창문에서) 교장 선생님이에요!

쿨리긴   교장 선생님이 오셨나 보군. 갑시다.

쿨리긴, 이리나와 함께 집으로 들어간다.

체부티킨   (신문을 읽으며 나지막이 노래를 부른다) 타라라…… 붐비야…… 시주나 툼베야…….

마샤가 다가온다. 무대 안쪽에서는 안드레이가 유아차를 밀고
있다.

마샤　여기 앉아 계시네, 한가하신가 봐요…….

체부티킨　무슨 문제라도?

마샤　(앉는다) 아니에요…….

사이.

마샤　저희 어머니를 사랑하셨나요?

체부티킨　무척.

마샤　어머니도 선생님을요?

체부티킨　(잠시 말이 없다가) 그건 기억나지 않네.

마샤　저의 〈자기〉 여기 있나요? 언젠가 우리 집 가정부 마르
파가 자기가 좋아하는 순경을 〈자기〉라고 부르더라고요.
저의 〈자기〉 여기 왔어요?

체부티킨　아니, 아직.

마샤　행복이라는 것을 간간이, 조금씩 받다가 한꺼번에 잃
어버리면 저처럼 이렇게 거칠고 사납게 변하나 봐요. (자
신의 가슴을 가리킨다) 바로 여기가 부글부글 끓어요…….
(유아차를 미는 안드레이를 보면서) 저기 우리 오빠, 안드레
이……. 모든 희망이 사라져 버렸어요. 수천 명의 사람들이
엄청난 노력과 돈을 써서 종(鐘)을 들어 올렸는데 이 종이
떨어져 산산조각 났죠, 별안간 아무 이유도 없이. 안드레

이도 마찬가지예요…….

안드레이 도대체 이 집안은 언제나 조용해질까. 시끄러워
서, 원.

체부티킨 곧 그렇게 되겠지. (회중시계를 본다. 그러고 나서 시
계태엽을 감는다. 회중시계의 종이 울린다) 내 시계는 옛날
거라서 종을 친다네…….1중대, 2중대, 5중대가 1시 정각
에 출발해.

사이.

체부티킨 나도 내일 떠나고.

안드레이 아주 가십니까?

체부티킨 모르지. 어쩌면 1년 뒤에 돌아올 수도 있고. 그걸
누가 알겠나……. 그러나저러나 마찬가지 아니겠어…….

먼 곳에서 하프와 바이올린을 연주하는 소리가 들린다.

안드레이 도시가 텅 비겠군. 뚜껑을 덮은 것 같겠어요.

사이.

안드레이 어제 극장 근처에서 무슨 사건이 있었다고들 하던
데, 나만 모르고 있네요.

체부티킨 아무 일 아니네. 바보 같은 짓거리지. 솔료니가 남

세 자매 **193**

작에게 빈정거리니까, 남작도 참지 못하고 솔료니에게 모
욕을 줬어. 그래서 결국 솔료니가 결투를 신청할 수밖에
없었던 거지. (시계를 본다) 시간이 얼마 남지 않았는걸⋯⋯.
12시 30분에, 저기 보이는 강 건너편 국유림에서⋯⋯ 탕-
탕. (웃는다) 솔료니는 자신을 레르몬토프라고 상상하면서
시까지 쓴다더군. 그건 그렇고, 그 친구는 이번이 세 번째
결투라네.

마샤   누구 말이에요?

체부티킨   솔료니지.

마샤   그럼 남작은요?

체부티킨   남작은 어떻겠어?

사이.

마샤   혼란스러워요⋯⋯. 아무튼 그냥 내버려 둬서는 안 돼. 솔
료니가 남작을 다치게 할지도, 아니 죽일지도 모르잖아요.

체부티킨   남작은 좋은 사람이지, 그렇지만 남작 같은 사람이
하나 더 있든 말든 그게 무슨 상관인가? 그냥 놔둬! 아무려
면 어때!

정원 너머에서 〈어-이! 어이!〉 외치는 소리.

체부티킨   잠깐, 저건 결투 입회인 스크보르초프가 외치는 소
린데. 보트를 타고 있나 보군.

사이.

안드레이   결투를 하는 건 물론이고 의사 자격으로라도 결투에 입회하는 것 역시 비도덕적이라고 생각합니다.

체부티킨   그냥 그렇다고 생각할 뿐이지…… 세상엔 아무것도 없어. 우리도 없고, 우리도 존재하지 않아, 그냥 존재한다고 착각할 뿐이지…… 그런 게 뭐 중요하겠나!

마샤   온종일 저렇게 말하고, 또 말하고…… (걷는다) 금방이라도 눈이 내릴 것 같은 날씨에 저런 말들을 듣고 있으려니…… (멈춰 서며) 집에 가지 않겠어, 갈 수가 없어……. 베르시닌이 오면 알려 주세요……. (가로수 길을 따라 걷는다) 벌써 철새가 날아가는구나……. (하늘을 쳐다본다) 백조일까, 기러기일까……. 사랑스러운 새들아, 너희들은 행복하겠지……. (나간다)

안드레이   이 집도 이제 텅 비겠군요. 장교들도 떠나고, 선생님도 떠나시고, 이리나는 결혼하고, 그러고 나면 집에 나혼자 남겠죠.

체부티킨   아내가 있지 않나?

페라폰트가 서류를 들고 들어온다.

안드레이   아내는 아내죠. 솔직하고 괜찮은, 뭐 친절한 사람이지요. 하지만 그러면서도 마음속에는 천박하고 분별없는 꺼칠꺼칠한 짐승 같은 무언가가 있습니다. 아무리 봐도 인간이 아니에요. 내가 마음을 털어놓을 수 있는 유일한 사람, 친구라고 생각하니까 말씀드리는 겁니다. 나타샤를 사랑하긴 해요, 그래요. 하지만 때로 그 사람이 너무나 천박한 모습을 드러내면, 그럴 땐 어쩔 줄 모르겠고 내가 왜 이 사람을 사랑하는지, 아니 어쩌다가 사랑하게 됐는지 까닭을 알 수 없어집니다…….

체부티킨 (일어선다) 이보게, 나는 내일 떠나네, 아마 다시는 못 만날 거야. 그러니 충고 한마디 하지. 모자를 쓰고 손에 지팡이를 들고 여기를 떠나게……. 떠나, 뒤도 돌아보지 말고 가는 거야. 멀리 갈수록 더 좋지.

솔료니가 장교 두 명과 함께 무대 안쪽을 지나가다가 체부티킨을 보고 방향을 틀어 그에게로 걸어온다. 장교 두 사람은 계속 걸어간다.

솔료니 의사 선생, 시간이 됐습니다! 벌써 12시 30분입니다. (안드레이와 인사한다)

체부티킨 가지. 성가시게 구는군. (안드레이에게) 안드류샤, 누가 날 찾거든 금방 돌아온다고 말해 주게……. (한숨을 쉰다) 하-아!

솔료니 소리 지를 틈도 없이 곰이 덮친 겁니다. (체부티킨과 함께 걷는다) 영감, 왜 앓는 소리를 내는 겁니까?

체부티킨 음!

솔료니 건강하시죠?

체부티킨 (화를 내며) 건강하시네.[35]

솔료니 참, 영감도, 공연히 흥분하시긴. 내 실력을 조금만 보여 주면 됩니다. 그저 새 한 마리 잡듯 그 자식을 쏘면 끝나는 거죠. (병을 꺼내 손에 향수를 뿌린다) 향수 한 병을 다 썼는데 아직도 손에서 냄새가 나. 송장 냄새가 나.

사이.

솔료니 저…… 이런 시 아십니까? 〈반란을 일으킨 그는 폭풍을 원하노라, 폭풍 속에 평화가 있다면서……〉[36]

체부티킨 아네. 소리 지를 틈도 없이 곰이 덮친 거지. (솔료니와 함께 나간다)

〈어-이! 어이!〉 하고 외치는 소리가 들린다. 안드레이와 페라폰트가 들어온다.

페라폰트 서류에 서명을 해주시죠…….

안드레이 (신경질적으로) 비켜, 좀! 비키라니까! 어서! (유아차를 밀고 나간다)

페라폰트 이 서류엔 서명을 해주셔야 하는데요. (무대 안쪽으로 나간다)

---

35 직역하면 〈소젖 어때Kak maslo korov'e〉라는 뜻인데, 이는 〈건강하시죠Kak zdorov'e?〉라는 물음에 상대를 비꼬며 각운을 맞춘 말장난이다.
36 레르몬토프의 시 「돛단배」의 마지막 구절.

밀짚모자를 쓴 투젠바흐와 이리나가 들어온다. 쿨리긴이 무대를 가로지르며 〈아-아, 마샤, 마샤!〉 하고 외친다.

투젠바흐 저 사람이 아마, 이 도시에서 군인들이 떠나는 걸 반기는 유일한 사람일 거야.

이리나 그렇겠네요.

사이.

이리나 우리 도시는 이제 텅 비겠죠.

투젠바흐 이리나, 잠시 다녀올게.

이리나 어딜요?

투젠바흐 시내에 좀……. 동료들도 배웅해야겠고.

이리나 아니잖아요……. 니콜라이, 왜 그렇게 초조해해요?

사이.

이리나 어제 극장 옆에서 무슨 일이 있었던 거죠?

투젠바흐 (조급하게) 한 시간 후면 돌아와 당신 옆에 있겠어. (이리나의 손에 입을 맞춘다) 나의 사랑, 이리나……. (이리나의 얼굴을 유심히 바라본다) 당신을 사랑한 지 5년이 흘렀지만 여전히 낯설어. 당신은 점점 더 아름다워지는 것 같아. 신비롭고 매혹적인 머리! 이 두 눈! 내일 나는 당신과 함께 떠날 거요. 우리는 일을 해서 부자가 되는 거야. 내 꿈들이 되살아나고, 당신도 행복해지는 거지. 다만 한 가지, 당신이 나를 사랑하지 않을 뿐!

이리나 그건 어쩔 수 없어요! 당신의 아내가 될게요. 정숙하고 충실한 아내가 되겠어요. 하지만 사랑이 없는 건 어쩌겠어요! (운다) 한 번도 사랑한 적이 없어. 오, 내가 얼마나 간절히 사랑을 꿈꾸었는데, 아주 오래전부터 낮이나 밤이나 꿈꾸었는데, 내 마음은 덮개가 닫힌 채 열쇠를 잃어버린 값비싼 피아노 같아.

사이.

이리나 당신 눈빛이 불안해 보여요.

투젠바흐 밤새 잠을 못 잤어. 내 인생에서 나를 두려워 놀라게 한 건 없었는데, 당신이 말한 잃어버린 열쇠만은 마음을 찢어 놓아 잠을 이룰 수 없었지. 무슨 말이든 해줘.

사이.

투젠바흐 무슨 말이든 해줘······.

이리나 무슨 말을요? 무슨? 주위가 너무 신비로워요, 오래된 나무들이 말없이 서 있네요······. (투젠바흐의 가슴에 머리를 기댄다)

투젠바흐 무슨 말이든 해줘.

이리나 무슨 말을요? 무슨 말을 하라는 거죠? 무슨 말을?

투젠바흐　아무 말이나.

이리나　됐어요! 됐어!

　사이.

투젠바흐　살다 보면 아주 하찮고 어리석고 작은 일들이 아무 런 이유 없이 별안간 큰 의미를 띨 때가 있지. 전처럼 하찮 다고 비웃고 무시하면서도 계속 끌려다니다가 끝내 거기 에서 벗어날 힘이 없다는 것을 느끼기도 하고. 아, 이런 이 야기는 그만두자고! 나는 기뻐. 생전 처음 이 전나무며 단 풍나무, 자작나무 들을 보는 것만 같아. 이 나무들 모두가 나를 호기심에 가득 차 지켜보고 기대하는 것만 같아. 나 무들이 어쩌면 이렇게 아름다울까. 이 나무들과 함께라면 인생도 무척이나 아름다울 수밖에 없을 거야!

　〈어-이! 어이!〉 외치는 소리.

투젠바흐　가보겠어, 시간이 됐어……. 이 나무는 말라 죽었지 만 여전히 다른 나무들과 함께 바람에 흔들리는군. 혹시 내가 죽더라도 이처럼 어떤 식으로든 세상일에 참여하지 않을까. 안녕, 나의 사랑……. (두 손에 입을 맞춘다) 당신이 준 서류는 내 책상 위 달력 밑에 두었어.

이리나　같이 가요.

투젠바흐　(당황하며) 아니, 안 돼! (빠르게 걸어 나가다 가로수

길에서 멈춰 선다) 이리나!

이리나 네?

투젠바흐 (무슨 말을 해야 할지 몰라) 오늘 커피를 마시지 않았네. 물 좀 끓여 달라고 해주지 않겠어……. (서둘러 떠난다)

이리나, 생각에 잠겨 서 있다가 무대 안쪽으로 가서 그네에 앉는다. 안드레이가 유아차를 밀고 들어온다. 페라폰트도 등장한다.

페라폰트 안드레이 세르게이치, 제 서류가 아니라 관청 서류입니다. 저한테 필요해서 그러는 게 아닙니다.

안드레이 내 과거는 어디 있을까, 아, 어디로 갔을까? 그땐 젊고 쾌활하고 총명했는데. 그땐 꿈이 있었고 아름다운 생각을 했는데, 그땐 나의 현재와 미래가 희망으로 빛났는데. 왜 우리는 인생을 시작하자마자 따분해하고, 조잡해지고, 재미없고, 게으르고, 무관심하고, 무익하고, 불행해지는 걸까……. 10만 명이 사는 이 도시는 역사가 2백 년이나 됐지만 하나같이 비슷한 사람들뿐이라서, 옛날이나 지금이나 위대한 인물 한 명 없고 학자도 예술가도 전혀 없어. 조금이라도 뛰어나서 선망의 대상으로 삼고 열렬히 닮고 싶은 사람이 하나도 없어. 다들 그저 먹고 마시고 자고 그러다 죽어 갈 뿐……. 사람들이 또 태어나도 먹고 마시고 자고 그러다 권태를 잊기 위해, 인생에 변화를 주겠다고 수군수군 더러운 악담이나 하고, 보드카며 도박에 빠지고, 소송이나 걸며, 아내는 남편을 속이고, 남편은 아무것도 보지 못한 척 듣지 못한 척 거짓말을 하고, 지우려야 지울 수 없는 속악한 영향이 자식들에게 미쳐, 아이들 속에서 신성한 영혼의 불꽃이 꺼지고 그들도 자기 아버지, 어머니들과 똑같이 초라하게, 서로 다를 바 없이 죽어 버린 인간이 되어 가지……. (페라폰트에게 화를 내며) 무슨 일이야, 대체?

페라폰트 무슨 일이라뇨. 서류에 서명을 해주셔야죠.

안드레이 지긋지긋하군.

페라폰트 (서류를 내밀며) 방금 세무서 수위가 말하던데……. 페테르부르크에서는 겨울에 영하 2백 도까지 내려갔다고 하던데요.

안드레이 현재는 역겹지만 미래를 생각하면 그래도 기분이 좋아져! 멀리서 빛이 비쳐 마음이 가벼워지고 넓어지는 것 같아. 자유가 보여. 나와 내 아이들이 나태와 크바스[37]와 양배추거위구이와 식후 낮잠과 비굴한 기생충 생활에서 해방되는 모습이 보여…….

페라폰트 2천 명이나 얼어 죽었다죠. 사람들이 공포에 질렸다고 합니다. 페테르부르크가 아니라 모스크바였나, 기억이 나지 않네요.

안드레이 (부드러운 감정에 사로잡혀) 사랑스러운 나의 누이들, 소중한 나의 누이들! (눈물을 머금고) 마샤, 나의 누이

37 보리, 호밀 등으로 만든 러시아의 발효 음료.

마샤…….

나타샤 (창문에서) 누가 여기서 큰 소리로 떠들어? 당신인가
요, 안드류샤? 소포치카가 깨겠어. Il ne faut pas faire du
bruit, la Sophie est dormée déjà. Vous êtes un ours(떠들
지 마, 소피가 자요. 당신은 곰인가요). (화를 버럭 내며) 얘
기가 하고 싶으면 유아차를 다른 사람한테 맡겨야죠. 페라
폰트, 나리한테서 유아차를 받아!

페라폰트 알겠습니다요. (유아차를 받는다)

안드레이 (당황해서) 조용히 말하는데.

나타샤 (창문 뒤에서 아이를 어르며) 보비크! 장난꾸러기 보
비크! 말썽쟁이 보비크!

안드레이 (서류를 훑어보며) 알았어, 검토해서 필요한 곳에
서명하지. 이따 자치회에 가져가게……. (서류를 보면서 집
안으로 들어간다. 페라폰트가 유아차를 민다)

나타샤 (창문 뒤에서) 보비크, 엄마 이름이 뭐지? 이쁜 녀석,
아휴, 이뻐라! 이 사람은 누굴까? 올랴 고모. 고모한테 말
해 봐. 안녕, 올랴!

집시 남자와 여자가 바이올린과 하프를 연주한다. 집 안에서
베르시닌, 올가, 안피사가 나와 말없이 잠시 연주를 듣는다. 이리
나가 다가온다.

올가 우리 집 정원이 무슨 통로라도 되는지 안 다니는 사람
이 없네. 유모, 이 사람들에게 뭐라도 좀 줘서 보내요!

안피사 (악사들에게 적선한다) 자, 이제들 가세요. (악사들, 몸
을 굽혀 인사하고 떠난다) 가엾은 사람들. 배가 부르면 저러
고 다니지 않을 텐데. (이리나에게) 잘 지냈어요, 아리샤 아
가씨! (입맞춤한다) 아휴, 아가씨, 이 늙은이도 이렇게 살아
있네요! 학교 관사에서 올류시카 아가씨하고 잘 지내지요.
하느님께서 그리로 보내 주셨어요. 이 죄 많은 늙은이가
그런 데 살아 보긴 처음입니다……. 집도 크고 관사인 데
다, 제 방과 침대도 따로 있지요. 모두 공짜라네요. 한밤중
에 잠에서 깨면 이런 생각이 든답니다. 오, 하느님, 성모님,
저처럼 행복한 사람이 또 어디 있을까요!

베르시닌 (회중시계를 보고) 가야 합니다, 올가 세르게예브
나. 시간이 됐습니다.

사이.

베르시닌 안녕히들, 안녕히들 계시기 바랍니다……. 그런데
마리야 세르게예브나는 어디 있지요?

이리나 정원 어딘가에 있을 거예요. 제가 가서 찾아보죠.

베르시닌 부탁합니다. 시간이 없어서요.

안피사 저도 찾아볼게요. (소리친다) 마셴카 아가씨, 아가씨!

이리나와 함께 무대 안쪽으로 사라진다.

안피사 마-셴-카 아가씨!

베르시닌　무슨 일에나 끝이 있기 마련입니다. 우리도 헤어지
는군요. (시계를 한참 들여다본다) 시에서 송별 조찬회를 마
련해 주었는데, 샴페인도 나오고 시장도 연설했지요. 거기
에 참석하긴 했지만 마음만큼은 여기 여러분 옆에 있었습
니다……. (정원을 둘러본다) 정이 들었는데.

올가　언제 다시 만날 수 있을까요?

베르시닌　아마 어려울 겁니다.

사이.

베르시닌　아내와 두 딸은 두 달 더 여기서 살 겁니다. 혹시
무슨 일이 생기거나 도움이 필요해지면…….

올가　그럼요, 그야 물론이죠. 걱정 마세요.

사이.

올가　내일이면 이 도시에 군인이 한 명도 없어지고 모두 추
억으로 남겠네요. 물론 우리에게는 새 생활이 시작되겠
죠…….

사이.

올가　모든 일이 우리 마음대로 되지를 않아요. 교장이 되고
싶지 않았는데 어떻게 되고 말았어요. 모스크바에도 못 가

고…….

베르시닌 저…… 여러 가지로 고마웠습니다. 실례한 일이 있
었다면 용서해 주세요……. 쓸데없이 말을 너무, 너무 많이
한 것 같습니다. 그것도 용서해 주시고요, 나쁘게 생각하
지 말아 주세요.

올가 (눈물을 닦는다) 마샤는 왜 아직도 안 오는 거야…….

베르시닌 이별의 말로 무슨 이야기를 해볼까요? 더 생각해
볼 철학적 문제는 무엇일까요……? (웃는다) 인생은 고달
픕니다. 인생은 많은 사람들에게 황량하고 절망적으로 보
이죠. 그러나, 점차 더 밝고 편리해져 간다는 사실만은 인
정해야 합니다. 아마도 머지않은 미래에 화창해질 때가 올
겁니다. (시계를 본다) 이제 갈 때가 됐습니다만! 예전에 인
류는 전쟁에 몰두한 채 원정이니 습격이니 승리니 하면서
그래야 사는 줄로만 알았는데, 이제는 그런 일들이 죄다
퇴색해 버렸죠. 그런데 아직 다른 것으로 대신 채우지 못
해 거대한 공허만 남아 있어요. 온 인류가 열정적으로 그
것을 찾고 있으니 틀림없이 찾아내고야 말 겁니다. 그날
이, 아, 빨리 왔으면!

사이.

베르시닌 부지런히 일하고 공부하며, 또 공부하고 부지런히
일하기만 한다면야. (시계를 본다) 아무래도 가봐야겠습
니다…….

올가 저기 와요.

마샤가 들어온다.

베르시닌 인사는 하고 떠나야 할 것 같아서…….

올가, 방해하지 않으려고 한쪽으로 비켜 준다.

마샤 (베르시닌의 얼굴을 바라본다) 안녕히 가세요…….

긴 입맞춤.

올가 이제, 이젠…….

마샤, 격렬하게 흐느낀다.

베르시닌 편지해요……. 잊지 말고! 가야 합니다…… 가야 해
요……. 올가 세르게예브나, 마샤를 좀 부축해 주세요, 이
젠 가야 합니다……. 늦었습니다……. (감정에 북받쳐, 올가
의 손에 입을 맞추고, 다시 마샤를 껴안고, 급히 떠난다)
올가 이제, 마샤! 그만해…….

쿨리긴이 들어온다.

쿨리긴 (당황해하며) 아니, 울게 놔둬요, 놔두세요……. 마샤, 착한 나의 마샤……. 당신은 내 아내이고, 무슨 일이 있더라도 나는 행복해……. 불평하지 않고 한마디도 다그치지 않을게……. 여기 올랴가 증인이야……. 다시 예전처럼 살아가자고, 당신이 싫어하는 말은 한마디도 하지 않을게…….

마샤 (울음을 참으며) 바닷가기슭 푸른 참나무, 그 참나무에 황금 사슬…… 그 참나무에 황금 사슬……. 미쳐 버릴 것만 같아……. 바닷가기슭…… 푸른 참나무…….

올가 진정해, 마샤……. 진정해……. 마샤에게 물 좀 줘요.

마샤 이제 울지 않아…….

쿨리긴 이제 울지 말아야지…… 착한 마샤…….

멀리서 들리는 희미한 총소리.

마샤 바닷가기슭 푸른 참나무, 그 참나무에 황금 사슬…… 푸른 고양이…… 푸른 참나무……. 가사가 어떻게 되지……. (물을 마신다) 실패한 인생……. 아무것도 필요 없어……. 금방 진정할 거야……. 아무려면 어때……. 바닷가기슭이 어떻다는 거지? 왜 이 가사가 머리에서 떠나지 않는 걸까? 어지러워.

이리나가 들어온다.

올가 진정해, 마샤. 그래, 착하지…… 방으로 들어가자.

208

마샤   (화를 내며) 저기에는 들어가지 않겠어. (흐느끼다가 곧
그친다) 다시는 집에 오지 않겠어, 안 올 거야…….

이리나   말은 하지 않아도 좋으니 같이 앉아 있어. 내일 나도
떠나…….

사이.

쿨리긴   어저께 3학년 교실 말썽꾸러기한테서 이 콧수염과
턱수염을 빼앗았지……. (콧수염과 턱수염을 단다) 독일어
선생 같잖아……. (웃는다) 안 그래? 재밌는 애들이야.

마샤   독일 사람을 닮았어.

올가   (웃는다) 정말이네.

마샤, 운다.

이리나   울지 마, 언니!

쿨리긴   정말 닮았어…….

나타샤가 들어온다.

나타샤   (하녀에게) 뭐라고? 소포치카는 프로토포포프 미하
일 이바니치가 돌볼 테니, 보비크는 안드레이 세르게이치
더러 유아차에 태우라고 해. 애들 보는 일이 얼마나 귀찮
은지 몰라……. (이리나에게) 내일 떠나나요, 이리나. 섭섭

하네. 일주일만이라도 더 있으면 안 되나. (쿨리긴을 보고 비명을 지른다. 쿨리긴이 웃으며 콧수염과 턱수염을 뗀다) 놀랐잖아요! (이리나에게) 정들었는데 헤어진다고 생각하니 마음이 편치 않네. 안드레이에게 바이올린을 아가씨 방으로 옮기라고 해야겠어. 거기서 실컷 깽깽거리라고 하지! 안드레이 방은 소포치카에게 내줄 거야. 황홀하게 이쁜 아이거든! 그런 여자아이가 어디 또 있겠어! 오늘 이렇게 이쁜 눈으로 나를 보더니 〈엄마!〉 하더라고.

쿨리긴   맞습니다, 이쁘더군요.

나타샤   그러면 내일 나는 혼자 남겠네. (한숨을 쉰다) 먼저 저 전나무 가로수를 베어 버리라고 해야지. 그다음엔 단풍나무. 밤마다 얼마나 기분 나쁜지……. (이리나에게) 아가씨, 그 벨트는 전혀 어울리지 않아……. 그렇게 취향이 별로여서야. 좀 밝은 것으로 바꾸라고요. 여기에는 사방에 꽃을 심으라고 해야겠어, 꽃을. 향기가 날 거야……. (엄한 목소리로) 대체 왜 여기 벤치에 포크가 굴러다니고 있지? (집으로 가면서 하녀에게) 왜 벤치에 포크가 굴러다니냐고, 내가 묻잖아! (고함을 지른다) 닥치지 못해!

쿨리긴   또 터졌군!

무대 뒤에서 행진곡이 들려온다. 모두 귀를 기울인다.

올가   떠나나 봐.

체부티킨이 들어온다.

마샤 떠나나 봐. 아, 아……. 무사하길 바라야겠지! (남편에 게) 집으로 가요……. 내 모자와 망토 어딨나…….

쿨리긴 집 안에 뒀어……. 곧 가져올게. (집 안으로 들어간다)

올가 그래, 이제 각자 돌아가야 해. 갈 시간이야.

체부티킨 올가 세르게예브나!

올가 왜 그러세요?

사이.

올가 무슨 일이라도?

체부티킨 아니……. 어떻게 말해야 할지 모르겠군……. (올가 에게 귀엣말을 한다)

올가 (소스라치게 놀란다) 안 돼!

체부티킨 허…… 그렇게 됐어……. 지치고 힘들어서 더 이상 말하기 싫네……. (속상해하며) 아무려면 어때, 어차피 마 찬가진걸!

마샤 무슨 일인데요?

올가 (이리나를 껴안는다) 오늘은 무서운 날인가 봐……. 이 리나, 어떻게 말해야 할지 모르겠다…….

이리나 왜 그래? 빨리 말해 봐, 어서, 제발! (운다)

체부티킨 방금 결투에서 남작이 죽었네.

이리나 알았어요, 알았어요…….

체부티킨 (무대 안쪽에 있는 벤치에 앉는다) 힘들군……. (주머
니에서 신문을 꺼낸다) 울려면 울어야지……. (나지막이 노
래를 부른다) 타라라…… 붐비야…… 시주나 톰베야……. 어
차피 마찬가진걸!

세 자매가 서로 의지하고 서 있다.

마샤 음악 소리가 들려! 다들 우리를 떠나나 봐. 한 사람은
영원히, 영원히 떠나 버렸고, 우리만 남았어. 다시 우리의
삶을 시작해야 할 텐데. 살아가야 할 텐데……. 살아가야
할 텐데…….

이리나 (올가의 가슴에 머리를 기댄다) 시간이 흐르면, 왜 이
모든 일이 일어났고 무엇 때문에 이토록 고통스러운지 모
두 알 수 있을까. 어떤 비밀도 없이 말이야. 하지만 지금은
살아야겠지…… 일을 해야겠어, 일을! 내일 나는 혼자서라
도 떠나겠어, 학교에서 아이들을 가르칠 거야. 내 인생을
필요한 사람들에게 전부 바칠 수만 있다면. 지금은 가을,
곧 겨울이 오고 눈이 내리겠지. 일할 거야, 일을 할
거야…….

올가 (두 동생을 껴안는다) 저렇게 밝고 씩씩하게 울리는 음
악 소리를 들으면 살고 싶어져! 오, 하느님! 세월이 흐르고
우리가 세상을 떠나면, 우리는 잊힐 거야. 우리의 얼굴도
목소리도, 우리가 세 자매였다는 것도 잊힐 거야. 하지만
우리의 시련은 우리 뒤에 살아갈 사람들에게 기쁨으로 바

뀌어 지상에 행복과 평화가 찾아올 거야. 그러면 우리 후
손들은 지금 살고 있는 사람들을 좋은 말로 기억하며 고마
워할 거야. 오, 사랑하는 내 동생들, 우리의 인생은 아직 끝
나지 않았어. 살아가야 해! 음악이 저렇게 밝고 즐겁게 울
려 퍼지는 걸 들으니, 이제 조금만 지나면 우리가 왜 사는
지, 왜 고통스러운지 알 수 있을 것 같아⋯⋯. 그걸 알 수만
있다면, 알 수만 있다면!

음악 소리가 점점 멀어져 간다. 쿨리긴, 신이 나서 웃으며 모자
와 망토를 들고 나온다. 안드레이, 보비크가 탄 다른 유아차를 밀
고 있다.

체부티킨 (나지막이 노래를 부른다) 타라라⋯⋯ 붐비야⋯⋯
시주나 툼베야⋯⋯. (신문을 읽는다) 아무려면 어때, 어차피
마찬가진걸!
올가 알 수만 있다면, 알 수만 있다면!

막이 내린다.

역자 해설

문학과 예술과 인생에 관한 짧지만 완벽한 논리

안톤 파블로비치 체호프. 그는 러시아 남부 아조프해의 바닷가 마을 타간로크에서 가난한 잡화상 집안의 7남매 중 셋째로 태어났다. 아버지 가게에서 심부름하며 김나지움에 다니던 중, 열여섯 살이 되던 해에 아버지가 미로노프라는 도급업자에게 사기당해 파산하면서 가족이 모스크바의 빈민가로 떠난다. 체호프는 홀로 타간로크에 남아 입주 과외를 하며 고학생으로 김나지움을 졸업한 후 모스크바 의과 대학에 진학한다.

대학 학비는 장학금으로 해결했지만 생활비를 마련해야 했던 그는 주간지와 유머 잡지에 콩트를 쓰기 시작한다. 가족 모두가 생활할 수 있을 만큼 벌기 위해 부지런히 썼고, 물론 의학 공부도 게을리하지 않았다. 그에게 글쓰기는 고단한 시절을 견디는 방식이었다.

의과 대학을 졸업한 뒤에는 러시아의 지방 자치 기구인 젬스트보의 의사로 부임하고, 한편으로 빈민 구제 활동에도 전념한다. 글도 계속 썼다.

서른이 되던 해에는 시베리아를 거쳐 유형지로 악명 높던 사할린까지 탐사 여행을 떠난다. 시베리아 횡단 철도가 놓이기 전이라 때로는 걷고 때로는 마차를 타며, 강이나 호수를 만나면 배에 올라 시베리아를 횡단한다. 사할린에서 3개월 간 체류하는 동안 자연의 괴력과 무한함을 깨닫고, 열악한 지역에 사는 이들의 생활상에 관한 보고서를 작성한다. 사할린에서 돌아온 뒤로는 본격적으로 극장 상연을 위한 희곡을 쓰기 시작한다. 사람들의 삶을 무대 위에서 적나라하게 보여줄 수 있기에 희곡은 작가에게 매력적인 분야였다.

그토록 치열하게 살던 중 각혈을 하고 건강이 나빠져 흑해 연안 얄타로 떠나 지내면서도 그는 작품 쓰기를 멈추지 않았다. 독일의 요양지 바덴바일러에서 마흔넷의 나이로 짧은 생을 마칠 때까지 그가 쓴 글은 무려 전집 서른 권 분량이다.

체호프에게 글쓰기, 특히 문학 창작은 관념적인 행위도 감상적인 토로도 아닌, 현실을 제대로 살고자 한 강인한 정신의 발현이었고 실체적인 몸짓이었다.

지금 인류의 예술사와 문학사에서 체호프는 〈세계 최고의 단편소설 작가〉이자 〈세계 최고의 극작가〉로 불린다.

대답은 할 수 있어도 정답이 없는 질문 ― 「아내」

1891년 대기근이 러시아를 휩쓸었다. 이듬해에는 콜레라가 퍼졌다. 젬스트보 의사였던 체호프는 이 시기 의료 활동에 전념하며 대기근으로 고통받는 빈민을 구제하는 데 힘썼다. 이때의 경험을 담아 쓴 작품이 「아내」이다.

체호프는 「아내」에서 기아에 시달리는 빈농을 위해 자선 사업을 벌이는 부부의 이야기를 전개하며 자기 비움, 곧 〈케노시스kenosis〉의 문제를 건드린다. 케노시스는 도스토옙스키의 작품 세계 전체를 관통하는 주제이기도 한데, 도스토옙스키가 평생을 고민하며 풀어내고자 했던 주제를 과연 체호프답게, 길지 않은 작품에서 간결하고 매섭게 다뤘다. 이 소설은 부부의 갈등을 따라가며 자선 사업, 이를 통한 구제, 나아가 구원이라는 큰 이야기로 확장해 간다.

주인공 파벨 안드레예비치는 문벌가에서 태어나 큰 재산을 물려받았으며 좋은 교육을 받고 높은 관직에도 오른 인물이다. 태어났을 때부터 평범한 사람, 특히 어려운 환경에서 성장한 아내와 달리 많은 혜택을 누렸다. 지금은 시골 영지에 내려와 그간 바라던 바대로 조용히 저술 활동을 하고 싶어 한다. 글을 쓰기 위해 자료도 잔뜩 모아 뒀지만 도무지 책상 앞에 차분히 앉아 있을 수가 없다. 마음이 영 불편하기 때문이다.

그는 불편한 마음이 구호를 다급하게 요청하는 편지 한 통 때문인지, 기근이 들어 굶주린 지역 농민들 때문인지, 집에 도둑이 들었기 때문인지, 우울한 겨울 날씨 탓인지 도통 알 수가 없다. 혹은 몇 년째 위아래 층에 서로 떨어져 사는 아내와의 불화 때문인지도 모르겠다고 고민한다.

먼저 그는 기근에 시달리는 지역 농민들을 구호해야 하지 않을까 생각한다. 꼭 편지 때문만은 아니다. 물려받은 재산도 많고 하니 일종의 의무감을 느낀 것이다. 그런데 구호 사업을 떠올리니 이리저리 따져야 할 일이 많아 골치가 아프다. 근심거리가 늘어난다.

그는 구호 사업의 효율성을 내세우다가 그러잖아도 사이가 좋지 않은 아내와 더 심하게 충돌하고 만다. 자선은 자기 희생, 곧 헌신이라는 자기 비움의 행위다. 동시에 자선 활동은 사업의 성격 또한 띠어서, 잘 따지고 계산해 진행해야 비리가 발생하지 않고 수혜자에게 실질적인 도움을 줄 수 있다. 이 과정이 묘하게 자기 비움이라는 자선의 속성과 충돌한다.

의사 소볼도 굶주리는 이들을 위한 활동을 야무지게 준비해야 한다고 웅변을 늘어놓는다. 그래야 빈자들에게 진정으로 도움을 줄 수 있다는 것이다.

사람을 소, 돼지 취급한다는 표현을 오늘날에도 가끔 듣는다. 마치 가축에게 축사를 근사하게 지어 주고 먹이를 충분히 제공하듯 위정자가 복지 사업을 벌여 구호물자만 지급하고 마는 것이 과연 가난한 자들을 돕는 옳은 방식일까? 그것은 오히려 불쌍하다고 동정하며 사람을 무시하는 행태일 수도 있다. 구호 사업의 역설이다. 주인공은 5천 루블이라는 큰돈을 익명으로 기부하면서도 부끄러워하며 〈너는 파충류야〉하는 내면의 목소리를 듣는다.

반면 그의 아내 나탈리야 가브릴로브나는 이리저리 재지 않고 자선 사업을 실행하며 기뻐한다. 굶주리는 이들은, 소볼의 말처럼, 터무니없이 적어 별 도움도 안 되는 혜택을 받지만 말이다.

한편 이반 이바니치는 옛날 체험을 이야기한다. 벌판에서 강도를 만나 신변이 위태로웠지만, 해치려 덤벼든 강도에게 원한을 품지 않고 오히려 자기 몫을 덜어 줬다는 그의 에피소드 또한 자기 비움의 이야기다.

이런 가운데 주인공은 점차, 불편한 마음이 이러저러한 상황이 아니라 자기 삶의 태도에서 비롯되었다는 점을 알아간다.

이전부터 자주 극도로 불편한 순간이 찾아왔던 이유는 기근에 시달리는 사람들 때문이 아니라 나라는 사람 자체 때문이라는 비밀을 결국 알게 되었다.

인생에는 지식만으로는 접할 수 없는 영역이 있다. 주인공도 어쩔 수 없이, 거의 본능적으로 지적인 능력만으로 접할 수 없는 영역에 이끌린다. 처음에는 남자의 위층 세계와 아내의 아래층 세계가, 갈등하는 부부처럼 극단적으로 대립하는 듯 보인다. 그러나 사실 남자는 위층 세계에 머물면서도 아내의 아래층 세계를 그리워하고 있었다. 니체식으로 말하자면 위층과 아래층은 각각 아폴론과 디오니소스의 세계다. 위층의 방들은 넓고 정돈되어 있지만 휑하니 텅 빈 느낌을 준다. 아래층은 천장도 낮고 아늑하고 따뜻하다. 그곳은 마치 수도원 같은 분위기를 띠는 동시에, 아내의 풍성한 머리카락처럼 그를 매료하는 관능의 영역이기도 하다.

하루 동안 여행을 하면서 주인공은 변하기 시작한다. 이

특별한 날에 무질서한 과식, 과음, 빠른 썰매 마차, 마부의 괴성이 난무했다. 이후 그는 아내에게 자신이 미친 것 같다고 고백하며 완전히 딴사람이 된다. 아내에게 종과 같이 헌신하는, 모든 것을 비워 낸 인물로 탈바꿈한다. 그제야 아내는 남편을 받아들인다. 이제 그는 마음이 불편하지 않다. 자기 자신을 내려놓은 결과다. 재산도 전부 내놓는다. 그의 불편함은 낙심도 굶주리는 이들도 구호 사업도 아내도 아닌 자기 자신 때문이었다. 결국 사람 자체의 문제였던 것이다.

현대 영화의 거장인 튀르키예의 누리 빌게 제일란 감독은 체호프의 「아내」를 영상으로 옮겨 「윈터 슬립Winter Sleep」을 만든다. 칸 영화제 황금 종려상을 받은 이 영화는, 튀르키예 중부 지방인 카파도키아의 풍광을 배경으로 슈베르트의 피아노 소나타 20번이 흐르는 가운데 현대인의 실체를 고스란히 비춘다. 제일란 감독은 「아내」의 이야기를 더 선명하게 영상화하기 위해 도스토옙스키 소설 속 에피소드를 두 개 끌어들였는데, 바로 『카라마조프 씨네 형제들』의 꼬마 일류샤 이야기와 『백치』의 나스타시야와 가브릴라 이야기이다. 이를 통해 굶주리는 이들의 자존심 문제를 부각했다.

소설 「아내」는 구호의 기쁨으로 가득 찬 파티 장면으로 끝난다. 자선은 기부자에게 기쁨을 안겨 준다. 주는 자가 자기 소유를 내놓으니 손해를 본다는 것은 순전히 물질적 차원의 계산이다. 판단의 영역을 넘어선 기부자들의 유쾌한 난장 파티. 무언가를 주니 기쁘다. 이는 정신적 차원의 현상인데, 이 소설의 아내는 그렇게 해서 자기 존재의 정당성을 확인하려

든다. 그녀에게 기부는 자기 자신을 위한 일이었다.

이 작품은 자선이라는 주제를 도입하여 타인 구제가 자기 구제로 이어지는 이야기다. 규범과 원칙에 입각해 살아가는 주인공이 규범과 원칙을 버리고 평화를 얻는다. 그런데 이 새로운 원리가 독자를 불편하게 한다. 그 자선, 즉 자기 비움은 결국 자기 마음의 평화를 얻기 위한 일이었나? 자선 파티가 열리는 장면으로 끝나는 소설에서 우리는 이러한 물음에 부딪힌다.

물론 자기 비움의 가치는 높다. 자기 비움은 진정한 평화를 가능케 한다. 그러나 이 역시 진정한 자기 비움이 되지 못하는 논리이고 계산 아닌가. 그래서 「아내」의 마지막 장면은 모호하다. 작품의 마지막 단어도 〈모른다〉이다.

대답은 할 수 있으나 정답이 없는 질문이 있다. 어떻게 해야 사람답게 살 수 있을까 하는 질문이 그렇다. 〈사람답게〉를 명쾌하게 규정할 수 없기 때문인데, 「아내」의 기저에 깔린 이 질문은 체호프의 모든 작품을 관통하는 것이기도 하다.

열린 결말이라고 불리는 체호프의 질문, 이 질문은 사실 답을 요구하지 않는다. 사유를 위한 물음이다. 정답은 없어도, 아니 정답이 없기에 지금 우리에게 긴급한 질문이다.

하모니를 이루는 파열음 ― 「세 자매」

희곡 「세 자매」에는 가장 체호프다운 대화가 나온다. 이 대화는 예술이란 무엇인가라는 문제를 설명하는 짧지만 거의 완벽한 논리이고, 그래서 체호프의 작품이 우리에게 어떤 가치가 있는지를 압축해 보여 준다. 나아가 이는 인생이란 무엇이며 또한 우리는 세상을 어떻게 살아가야 하는가에 관한 명료한 준칙이기도 하다.

> **마샤** 그래도 의미라는 게 있지 않을까요?
> **투젠바흐** 의미라……. 지금 눈이 내리고 있습니다. 여기에 무슨 의미가 있겠습니까?

이것은 무엇이다, 저것은 무엇이다 하고 정의를 내리면 그 한정의 무게로 이것, 저것 자체의 의미와 가치가 제한되다가 소멸하고 만다. 그럴 때 대상은 규정된 무엇이 되고, 결국은 이것도 저것도 아니게 된다. 쉽게 말하자. 눈이 와서 멜랑콜리하다고 하면 눈의 의미는 멜랑콜리에 갇힌다. 그 이상으로 내리는 눈이 주는 느낌은 사라진다. 눈이 와서 불편하다고 하면 미끄럽고 질척한 길만 떠올리게 된다. 더는 생각이 이어지지 않고 사유가 닫힌다. 한정한 규정과 의미에 현실이 갇히는 꼴이다.

그렇지만 단순하고 가볍게 〈눈이 내린다〉라고 하면 도리어 단순하지 않고 여러 의미를 불러일으킨다. 사람마다 다르게. 내리는 눈이 어떻다고 결정해 주지 않으니 그렇다. 이렇게 체호프는 우리에게 자유를 준다. 그래서 버지니아 울프는 〈체호프를 읽으면 자유의 놀라운 의미를 알게 된다〉라고 했고, 수전 손태그는 〈체호프는 우리를 정신적으로 성숙하게 해주는 예술가다〉라고 했다. 그런데 우리는 대상 자체보다 의미, 의미, 하면서 어디서나 그저 의미를 찾으려 들지 않나. 대상 자체를 죽이면서까지. 극의 마지막에 나오는 다음 말은 그래서 울림이 크다.

> **마샤**　온종일 저렇게 말하고, 또 말하고……. 금방이라도 눈이 내릴 것 같은 날씨에 저런 말들을 듣고 있으려니…….

장군의 세 딸이 있다. 그들이 아버지의 1주기에 모두 모였다. 결혼한 둘째 딸 마샤도 왔다. 그들이 모여 셋째 딸 이리나의 명명일을 기념하며 파티를 연다.

세 자매에게 이날은 아버지의 죽음을 추모하는 날이자 셋째의 출생을 축하하며 파티를 여는 날이다. 죽음과 탄생을 동시에 기억하는 바로 이날 「세 자매」의 막이 오른다. 그 불협화가 무대를 장악한다.

연극의 첫 장면. 첫 지문은 밝은 햇살이 가득한 정오의 밝고 세련된 분위기를 지시한다. 첫 대사인 올가의 말은 서로 충돌하는 세 개의 테마를 도입한다.

먼저 올가는 1년 전 5월임에도 춥고 심한 눈비가 내리던 날, 고인이 된 아버지의 관이 운구되고 조총이 울릴 땐 도저히 살아갈 수 없을 것만 같았다고 토로한다. 장례식을 회상한 직후, 올가는 따뜻한 고향 모스크바로 돌아갈 꿈을 꾸며 기뻐하고 흥분한다. 그러더니 현재 몸담고 있는 학교에서 하는 일 때문에 두통에 시달리고 폭삭 늙어 버렸다고 허탈해한다. 과거, 미래, 그리고 현재가 불협화음을 내며 이후 전개되는 극 전체를 이끈다.

세 자매에게 모스크바는 공간이 아니라 시간이다. 그곳은 그들이 행복했던 과거이고, 언젠가 돌아가 행복을 되찾으리라 믿는 미래다. 모스크바라는 공간에 커다란 시간의 간격이 놓여 있는 셈인데, 그 과거와 미래 사이에 있는 이 무대 위 〈현재〉는 과거와 미래의 연결을 철저히 방해한다.

특히 나타샤의 침입이 그러한 사실을 보여 준다. 나타샤는 옷을 조화롭게 입지 못한다고 묘사되며 부조화를 나타내는 인물로, 안드레이와 결혼해 세 자매의 가족이 되면서 점차 무대에서 자리를 넓혀간다. 나타샤의 침입은 항상 꿈만 꾸는 프로조로프 일가의 수동적인 삶의 태도 때문에 가능하기도 했다. 결국 나타샤는 이리나를 방에서 몰아내고, 안피사를 내쫓으며, 마샤의 말투를 질책하고, 하녀들에게 괴성을 지른다. 그뿐 아니라 혼외 관계에서 낳은 아이가 탄 유아차를 남편 안드레이에게 밀게 한다. 옷을 맞춰 입지 못하는 나타샤가 집주인이 되어 오히려 이리나의 옷차림을 비난하기도 한다. 그러더니 마지막 장면에서는 세 자매네 집의 오래된 나무를 베어 버리겠다고 선언하고야 만다.

또한 나타샤는 세 자매가 2막 내내 기다리는 카니발의 무리도 집 안으로 들어오지 못하게 막는다. 황량하고 어두운 집안에 신선한 기운을 불어넣고 해방의 사건을 불러일으킬 카니발 패는 결국 문지방을 넘지 못했다. 3막에서 화재가 일

어난 밤 마샤는 무대를 가로질러 걸어가는 나타샤를 보고,
〈저 여자는 마치 자기가 불을 지른 것처럼 돌아다니고 있군〉
하며 비꼰다. 사실 나타샤는 화재와 마찬가지로 무언가를 파
괴하는 인물이다.

　나타샤는 단순히 하나의 인물에 불과할까. 나타샤의 등장
은 우리네 현실에 침투하는 속악함을 떠올리게 한다. 처음엔
수줍게 찾아와 은밀히 스며들더니 점차 넓게 퍼지고 깊게 박
혀 세상을 장악한다. 눈에 보이지 않는 바이러스가 들어와
온몸이 병드는 것처럼 말이다. 그래서 체부티킨은 세 자매가
나타샤의 실체를 보지 못한다고 한탄한다.

　소리와 색깔 들의 향연. 「세 자매」의 무대는 다양한 소리와
다채로운 색깔로 가득하다. 휘파람, 기타 퉁기는 소리, 바이
올린 선율, 발 구르는 소리, 현관에서 들리는 다급한 종소리,
짤랑거리는 트로이카의 방울 소리, 도자기 깨지는 소리, 총
성, 화재경보기의 요란한 울림……. 마샤와 베르시닌은 말이
아닌 〈트람-탐-탐〉 노래로 소통한다. 세 자매는 각기 파란
색, 검은색, 하얀색 옷을 입었고 나타샤는 빨간 드레스에 초
록 벨트를 맸다. 집 밖으로 소방대가 황급히 지나가며 소음
을 일으키던 밤, 창문은 붉은 화염으로 물든다. 색깔과 소리
의 파열음 사이로 영혼의 소리가 신음처럼 새어 나온다. 〈모
스크바로 가야 해! 모스크바! 모스크바!〉

　필요 이상의 무게를 얹으면 인생은 구겨지고 만다. 모스크
바의 꿈을 쇠락시키며 무대를 짓누르는 중량을 「세 자매」의
여러 에피소드는 산만하게 흩어 덜어 낸다. 특히 마지막까지

반복되는 체부티킨의 유행가는 이 작품에 대한 과잉 해석이라는, 불필요한 무게를 덜어 준다. 덕분에 관객은 절망으로 주저앉지 않을 수 있다.

의미를 부여하지 않고 있는 그대로 받아들여 더 큰 의미를 만들어 내는 삶, 그것은 바로 견디는 삶이다. 견뎌 낸 것만이 빛나는 결정체를 이룰 수 있다. 슬프지만 그것이 곧 희망이다. 그렇게 무대에 남은 세 자매의 마지막 대사와 함께 희곡은 막을 내린다.

이 희곡은 체호프가 모스크바 예술 극장의 요청을 받고 지은 작품으로, 20세기가 열리던 첫 달인 1901년 1월 초연한 이후 지금도 새롭게 연출되어 끊임없이 무대에 오르고 있다. 「세 자매」를 한국어로 옮기며 이 작품이 마치 악보 같다는 생각을 했다.

「아내」와 「세 자매」 모두 체호프의 치열한 글쓰기가 낳은 산물이다. 세계 최고의 단편소설 작가이자 극작가로 불리는 체호프, 그의 진면모를 이 책에서 만나 볼 수 있다면 좋겠다. 그러면 체호프를 읽는 즐거움은 실제 삶의 즐거움으로 이어질지도 모른다. 두 작품의 번역 저본으로는 체호프 30권 전집 Polnoe sobranie sochinenii i pisem v 30 tomakh(Moskva: Nauka, 1974~1983)을 사용했다.

2024년 2월
오종우

안톤 체호프 연보

1860년 출생 러시아 구력 1월 17일(그레고리우스력으로는 1월 29일) 러시아 남부 아조프해의 항구 도시 타간로크에서 태어남.

1876년 16세 식료 잡화점을 운영하던 아버지가 파산하여 가족이 모스크바로 이주함. 체호프는 타간로크에 혼자 남아 가정 교사를 하며 고학함.

1879년 19세 9월 모스크바 의과 대학에 입학함.

1880년 20세 첫 콩트 「배운 이웃에게 보내는 편지Pis'mo k uchenomu sosedu」가 페테르부르크의 주간지『잠자리Strekoza』에 게재됨.

1883년 23세 「굽은 거울Krivoe zerkalo」, 「어느 관리의 죽음Smert' chinovnika」 등을 발표.

1884년 24세 모스크바 의학 대학을 졸업함. 첫 유머 단편집『멜포메나의 이야기들Skazki Mel'pomeny』이 출판됨.

1886년 26세 2월『새 시대Novoe vremia』지에 단편 「추도회Panikhida」를 처음으로 자신의 본명으로 발표함. 5월 「실패Neudacha」 등이 수록된 두 번째 단편집『잡다한 이야기들Pestrye rasskazy』이 출판됨. 「농담Shutochka」, 「쉿Tsss!」 등을 발표함.

1887년 27세 4월 고향인 러시아 남부를 여행함. 세 번째 단편집인『황혼*V sumerkakh*』이 출판됨.

1888년 28세 10월 단편집 『황혼』으로 푸시킨상 수상. 12월 차이콥스키와 사귐. 「자고 싶다Spat' khochetsia」 등을 발표함.

1889년 29세 화가인 둘째 형 니콜라이Nikolai가 폐결핵으로 사망. 단막극 「청혼Predlozhenie」, 「어쩔 수 없이 비극 배우Tragik ponevole」 등을 발표함.

1892년 32세 「6호 병동Palata nomer shest'」을 『러시아 사상*Russkaia mysl'*』지에 발표하여 커다란 반향을 일으킴. 「아내Zhena」를 발표함.

1894년 34세 「검은 수사Chernyi monakh」, 「대학생Student」, 「문학 교사Uchitel' slovesnosti」 등을 발표함.

1895년 35세 8월 레프 톨스토이Lev Tolstoi의 영지 야스나야 폴랴나로 가서 톨스토이를 처음으로 만남.

1896년 36세 10월 장막 희극 「갈매기Chaika」를 알렉산드린스키 극장에서 초연하지만 크게 실패함.

1897년 37세 3월 결핵이 악화되어 모스크바의 병원에 입원함. 톨스토이가 문병함. 「바냐 아저씨Diadia Vania」 등을 발표함.

1898년 38세 모스크바 예술 극장에서 「갈매기」가 공연되어 대단한 성공을 거둠.

1899년 39세 3월 막심 고리키Maksim Gor'kii가 체호프를 만나러 얄타에 감. 10월 모스크바 예술 극장에서 「바냐 아저씨」가 초연됨. 「새로운 별장Novaia dacha」, 「개를 데리고 다니는 부인Dama s sobachkoi」 등을 발표함.

1900년 40세 1월 톨스토이와 함께 학술원 명예 회원으로 선출됨.

1901년 41세 1월 모스크바 예술 극장에서 「세 자매Tri Sestry」가 초연됨. 모스크바 예술 극장 소속의 배우 올가 크니페르Ol'ga Knipper와 결혼함. 10월 얄타에서 톨스토이와 다시 만남.

1902년 ⁴²세 8월 고리키가 학술원 명예 회원 자격을 박탈당하자 이에 항의하여 자신도 명예 회원직을 사퇴함.

1903년 ⁴³세 10월 마지막 작품 「벚꽃 동산Vishnevyi sad」을 탈고함. 체호프가 직접 자신의 작품들을 고른 선집이 마르크스 출판사에서 간행됨.

1904년 ⁴⁴세 1월 모스크바 예술 극장에서 「벚꽃 동산」이 초연됨. 6월 병세가 악화되어 아내 크니페르와 함께 독일의 바덴바일러로 요양을 떠남. 7월 3일(신력 7월 15일) 바덴바일러의 호텔에서 영면. 모스크바의 노보데비치 수도원 묘지에 묻힘.

열린책들 세계문학 288 아내 · 세 자매

옮긴이 오종우 1965년 서울에서 태어나 고려대학교 노어노문학과를 졸업하고 동 대학교 대학원에서 체호프 연구로 석사와 박사 학위를 받았으며 모스크바 국립 대학교에서 수학했다. 현재 성균관대학교 러시아어문학과 교수로 재직 중이다. 지은 책으로 『예술적 상상력』, 『무엇이 인간인가』, 『예술 수업』, 『체호프의 코미디와 진실』과 『대지의 숨 — 러시아의 숨표들』 등이 있고, 옮긴 책으로 안톤 체호프의 『벚꽃 동산』, 『개를 데리고 다니는 부인』을 비롯해 『러시아 희곡』(공역), 『영화의 형식과 기호』 등이 있으며, 문학과 예술에 관한 다수의 논문을 발표하였다.

지은이 안톤 체호프 **옮긴이** 오종우 **발행인** 홍예빈 · 홍유진
발행처 주식회사 열린책들 **주소** 경기도 파주시 문발로 253 파주출판도시
전화 031-955-4000 **팩스** 031-955-4004 **홈페이지** www.openbooks.co.kr
Copyright (C) 주식회사 열린책들, 2024, *Printed in Korea.*
ISBN 978-89-329-1288-2 04890 ISBN 978-89-329-1499-2 (세트)
발행일 2024년 2월 20일 세계문학판 1쇄

열린책들 세계문학
Open Books World Literature